この度《たび》、政略結婚することになりまして。

目次

この度《たび》、政略結婚することになりまして。

プロローグ

信じられない。

この人がお見合い相手だなんて。

成人式以来である古典柄の大振袖を着た佐倉文乃《さくらふみの》は、座敷個室の『桜の間』で背筋をぴんと伸ばし正座していた。黒髪のストレートロングはハーフアップにして髪飾りを付け、残りは背中に流してある。着物は仕事柄着慣れているが、可愛らしいピンク色の振袖を身に纏《まと》うことは滅多に無かった。

息が苦しい。

帯がきついせいだろうか。

文乃の頬は紅潮し、心臓は早鐘を打つ。とてもじゃないが、正面に座る美貌の青年を直視することなどできそうにない。

大事な両親から受け継いだとはいえ、極々平凡な容姿に今日ばかりは自信を失くしてしまいそうだ。

カコーン。

タイミング良く鹿威《ししおど》しの音が響き、文乃はできるだけさりげなく、部屋から見える風情ある日本庭園へと視線を移した。

庭をこんなにじっくりと眺めたのは久しぶり。

東京下町に佇《たたず》む料亭『さくらや』は、明治時代に創業し百年以上続く老舗《しにせ》日本料理店である。趣《おもむき》のある門をくぐり石畳の小路を進めば、そこは都会の奥座敷だ。全室中庭に面した個室、雅な数寄屋造《すきやづく》りが非日常空間を演出する。

格式の高そうな店構えどおり、一見《いちげん》さんお断りの完全紹介制。政財界をはじめ多くの著名人やセレブから愛され続けるこの店を切り盛りするのは、四代目・佐倉善治郎《ぜんじろう》。文乃の父親だ。

早くに亡くなった母親の代わりに、高校時代から文乃も店を手伝っている。

時代が時代なら、文乃も蝶よ花よとお嬢様として大切に育てられたのだろうが、このご時勢、そうもいかない。

真面目に勉強した上で国公立に絞って大学受験し、奨学金をもらいながら卒業した。恋や遊びも我慢して、倹約に倹約を重ねて生きてきた。

そんな文乃も二十七歳となり、女将《おかみ》業がすっかり板についてきたと言っていい。

「この度《たび》は、お見合いを受けていただきありがとうございます」

ひと目で上質だと分かるスーツを着こなすのは、風間《かざま》ホールディングス社長子息・風間千秋《かざまちあき》だ。

文乃より二つ年上の二十九歳であるが、非常に落ち着いている。端整な顔立ち、すらりとした長身、品のある立ち振る舞い、何から何まで自分とは別の生き物のように文乃には思えた。

自分だけが場違いな存在に思えて、毎日働いている職場にもかかわらず、緊張して冷や汗まで出てくる始末だ。

文乃は料亭『さくらや』にて、お見合いの真っ最中だった。しかも仲人《なこうど》は早々に離席し二人きりにされてしまった。

「こちらこそ、良縁をありがとうございます」

文乃は座布団から降りると、両手を膝の前につき頭を下げる。女将《おかみ》らしい美しい所作だ。

——良縁とはいえ政略結婚だけど。

心の中では複雑な思いが渦巻く。

「では、話を進めてもよろしいのですね」

千秋の声は事務的で冷たかった。

愛のない結婚をするのだ。相手にも同じように割り切れない思いがあるのだろう。文乃は頭を下げたまま「はい」と小さく返した。

老舗《しにせ》料亭『さくらや』は、経営不振に陥《おちい》り火の車だった。

この結婚が成立すれば、『さくらや』を畳まずに済む。四代目は、風間ホールディングスに買収してもらい営業を続けていく道を選んだ。そうなれば従業員達も失業を免《まぬが》れる。

大手外食企業の風間ホールディングスは、料亭『さくらや』という老舗《しにせ》のネームバリューを買い、海外進出に役立てるつもりだ。

友好的買収であるのは間違いないが、さらなるイメージ戦略として文乃と千秋は結婚することになった。

老舗《しにせ》の名を金のために売ったとなれば格が下がる。常連客の反感を買うかもしれない。そうなれば風間ホールディングスはリスクを負うことになる。店の評判が悪くなれば株価に影響が出るだろう。

買収の結果世間のイメージが悪くなったとしても、美男の夫と庶民的な妻の間に子供が産まれればまた風向きは変わる。政略結婚は言わば保険のようなものだ。

「本当に構わないのか？」

凄みのある声に驚いて顔を上げると、漆塗《うるしぬ》りの座卓の向こうにいた千秋がいつの間にか目の前に移動していた。その表情は文乃の決意を疑っているようにも見える。

この人は覚えていないのかもしれない。

私の好意にも気づいていないのだ。

酔っぱらいに絡まれているところを、料亭の馴染み客である千秋に助けてもらったことがある。文乃はその恩を忘れてはいなかった。

余程のことがない限り、文乃は客相手に大声を出すことはできない。ましてや、料亭の女将《おかみ》という立場だ。酔っ払いの一人や二人、上手にあしらえてこそ一人前。

文乃はあの日の出来事を振り返る。

『若い女将《おかみ》の肌は綺麗だなぁ』

白髪交じりの頭髪に小太りの男性客が、千鳥足《ちどりあし》で文乃を追いかけてきた。男性はお得意様である風間ホールディングス社員の同伴客だ。それなりに社会的地位のある人物だろう。事を荒立てるわけにはいかなかった。

どうしようかと迷っているうちに、廊下の端に追い詰められた。身体に触れられそうになったが、逃れようにも恐怖で動けなくなった。

『いい加減にしろ』

文乃の耳に男性の低い声が届く。

『イテテテ！』

酔っ払い客の腕を捻《ひね》り上げたのは、千秋だった。風間ホールディングスの御曹司であり常務取締役兼ＣＯＯ（最高執行責任者）という身分を、当時の文乃は知らなかった。

『後は俺に任せて、あなたは行って下さい』

『で、でも』

『早く』

『……はい。ありがとうございます』

それから二人の間でどのような話し合いが持たれたのかは分からないが、後日、酔っぱらい客は菓子折りを持って謝罪に来た。

文乃の心に、特別な感情が湧き上がる。

事なきを得たのはあの人のおかげだ。

もう一度会いたい。

だけど待つことしかできない。

勤務先に連絡するわけにはいかない。

いつも会社名と秘書の名前で予約を受けるため、本名だって知らない。

そうして待ち続けた人とお見合いの席で会えたことは、文乃にとって奇跡だった。

「風間さん、私……」

再会できたら、まずきちんと御礼を言いたいと思っていた。

「相変わらず……、あなたは何も分かっていないようだ」

しかし、失望したかのような千秋の声色に文乃は戸惑った。

「どういう意味でしょう？」

覚悟ならとっくにできている。

今さら逃げ出すほど子供じゃない。

「こういう意味です」

千秋は文乃の顎《あご》に手をかけ顔を持ち上げる。驚いて目を見開いたところで、傾けられた美しい顔が覆い被さった。

柔らかい、そして温かい。

千秋の唇が触れた時、ファーストキスであるのに、文乃は意外に冷静にそんな感想を持った。

世間的にはアラサーと呼ばれる年代であるが、文乃の恋愛経験値は中学生以下だ。学業と料亭の手伝いが忙しく、青春どころではなかった。つまり、呼吸のタイミングが分からない。

「はあっ……！」

唇が離れたところで文乃はやっと息を吐く。

文乃は上気した顔で千秋を見返した。

「気の強いお嬢さんだな」

切れ長の二重まぶたは、時として他人に良くない印象を与えるのを知っている。

千秋は、睨みつけられたと誤解したのかもしれない。厳しい顔つきで眉間に皺《しわ》を寄せ、いきなり何かに焚《た》き付けられたかのように文乃を抱き寄せた。

そして再び唇が押し付けられる。一度目のキスよりさらに強引だった。

「んんっ……」

執拗《しつよう》に、そして丁寧に唇が触れては離れる。

離れてもすぐに塞がれる。

そうされるのは決して嫌ではない。

文乃は唇が離れるたびに、甘い感触を待ちわびてしまった。すでに一方的なキスとは言えない。

「抵抗しないんだな」

「ん……はぁっ」

次第に触れている時間は長くなり、文乃の頭はぼんやりとし始めた。

気持ち、いい。

文乃の唇から力が抜けたのを見計らったように、千秋の舌先が分け入ってきた。口内に遠慮なく侵入した舌は、素早く歯の裏を撫でる。こんなことをされたのははじめてで、文乃は小さく震えた。

それを感じとったのか、千秋の手のひらが文乃の肩を撫でる。

次第に身体が熱を帯び始め、文乃は慌てた。

「い、いけませんっ」

これ以上続けられると気が変になりそうだ。

文乃は顔を背《そむ》け、千秋の口を手で押さえた。

「あっ……！」

すると今度は、文乃の人差し指に千秋の湿った唇が吸い付いた。さらに濡れた舌が絡む。

吸われ舐《な》められるうちに、指先が甘く痺《しび》れていった。

どうにかなりそう――

文乃には、身体を駆け巡るヒリッとした、しかし蕩《とろ》けるような感覚がなんなのか分からない。

切ないような苦しいような感情に翻弄される。

「もう、だめ、です」

はぁはぁ、と文乃が息を荒らげながら言うと、咥《くわ》えられていた指が自由になる。

「こういうことされるなんて、考えもしなかったんでしょう。結婚するっていうのは、俺とセックスするってことですよ？」

千秋の口ぶりはからかうようでいて、諭すようでもあった。

「分かっています。ただ、お店ではだめです。父や他の者がいますから」

文乃は真っ赤になりながらもしっかりと答えた。

結婚すればこういうことやそれ以上のことが待っている。

経験がないとはいえ、セックスがなんなのかくらいは知っている。

千秋は驚いた顔をした後、口元を隠して肩を揺らし始めた。声を押し殺して笑っているようだ。

「私、何かおかしなことを言いましたか？」

「いいえ」

「だって、笑っているじゃないですか」

「楽しくなっただけです。今日の続きは、誰もいないところで」

笑いを必死に堪《こら》える千秋の優しく細められた目を見て、文乃の心が少しだけ解《ほぐ》れた。

「あの、これから、うちの店は？」

しかしそう口にした途端、千秋の表情は一転して引き締まる。

「必ず、再建します」

千秋の言葉は心強かったが、気持ちは遠くにあるように感じた。

第一章　この度《たび》、政略結婚することになりまして。

「まだ夜は冷えますから、どうぞお身体をお厭《いと》い下さいね」

「ありがとう。女将《おかみ》も風邪引かないように」

文乃の心遣いに常連客は微笑んだ。会社経営者の六十代男性は、文乃の祖父の代からのご贔屓《ひいき》さんである。

「ありがとうございます。またお越し下さいませ」

最後の客が店を出たあとも、玄関先で正座した文乃は頭を下げ続けた。外では仲居達が、客が石畳を進み料亭の敷地を出るまで見送っているはずだ。

（出迎え三歩、見送り七歩）

文乃は心の中で呟いた。

それは、先代の女将《おかみ》である文乃の母親から教わった言葉だ。心を込めて迎えることは勿論、さらに丁寧にお見送りするのが大事という意味合いである。

「さて、店じまい」

文乃は従業員達と一緒に片付けと掃除を終えると、小紋の着物から洋服に着替え、帰り支度を済ませた。無くさないよう外しておいた結婚指輪を嵌《は》めて更衣室を出る。

そこで厨房《ちゅうぼう》から漏れる灯りに気づいた。

「お疲れさまです」

声をかけて文乃は顔を覗かせる。いつも通り厨房《ちゅうぼう》はピカピカに磨かれ、整理整頓されていた。

「文乃お嬢さん、お疲れさまです」

女将《おかみ》の文乃をお嬢さんと呼ぶのは、若いが腕のいい板前・鈴木《すずき》涼太《りょうた》だ。文乃より二つ年下の二十五歳で、高校を卒業してすぐ『さくらや』にやってきて修業を始めた。四代目で板長でもある文乃の父は板前としての涼太を買っており、本当なら文乃と結婚させて店を継がせたかったようだ。

経営権は風間に移ったが、『さくらや』の味を継ぐのは涼太しかいない。文乃にとっても、涼太は大事な弟のような存在だ。『さくらや』の看板と涼太を守るのも、女将《おかみ》である自分の仕事だと考えていた。

「一人で残っているの？」

「はい。板長には先に帰っていただきました。もう仕込みも自分だけでできます」

「立派になったのね」

文乃がしみじみと言うと、涼太は嬉しそうに真っ白な歯を見せて笑った。

「まだまだっすよ」

爽やかな外見通り誠実な青年は、『さくらや』の料理人にふさわしいと文乃は思いを新たにする。

「これからも、父や店をよろしくお願いします」

文乃は涼太に頭を下げた。

「や、やめて下さい。お嬢さんにそんなことさせたら、俺のほうが叱られます」

慌てる涼太に、文乃は「ふふっ」と笑った。

「お嬢さんは幸せですか？」

不意に涼太が真面目な顔をする。

「どうしたの、突然」

「お嬢さんが、俺達のために無理しているんじゃないかって、従業員は皆心配しています」

「そんなことない」

文乃はきっぱりと言い切った。

「私は幸せです。全部、風間さん……、夫の千秋さんのおかげです」

「そ、そうっすか。なら、いいんです」

惚気《のろけ》られた涼太のほうが、照れくさそうに短髪の頭をかいた。

千秋のおかげ、それは文乃の本心だ。『さくらや』を助け、従業員を救ってくれた風間ホールディングスや千秋には感謝してもしきれない。

「それじゃあ、お先に失礼します」

厨房《ちゅうぼう》を出て廊下を進むと「女将《おかみ》さん」と呼び止められる。四十代のベテラン仲居である村瀬《むらせ》が、難しそうな顔をして近寄ってきた。

「村瀬さん、どうしました？」

「こんなこと、今の女将《おかみ》さんに聞くのもなんですけど……。私達の時給が下がるって本当ですか？」

（とうとう来た……）

文乃はゴクリと唾《つば》を呑む。千秋から経営や給料のことで従業員から何か聞かれても知らぬ存ぜぬを通すよう、念を押されているのだ。

「仕事内容は変わらないのに給料が減るなんて、横暴すぎませんか。女将《おかみ》さんのほうから、なんとか口添えしていただけないでしょうか」

村瀬の口調は厳しかった。

「近いうちに風間から担当者が店に来て、説明会を開くと聞いています。質疑応答の時間もあるようですから、その時に」

文乃は動揺を悟られないよう落ち着いて告げる。

「……そうですか。分かりました」

不満はあれど、村瀬もここは引き下がるしかないと諦めたようだ。

村瀬の姿が見えなくなると、文乃はスマホを取り出し早速メッセージを送った。勿論、相手は千秋だ。

『従業員から時給の件で質問がありました。どうか早めに今後の経営方針を明らかにして下さい』

早々にメッセージに既読マークが付く。しばらくすると返信が届いた。

『その件は、後日ゆっくりと話しましょう。近いうちに時間を作るつもりです』

「近いうちって、いつだろう……」

他人行儀な文面に、文乃は軽くため息を吐く。

忙しいのは分かっているが、千秋が二人の新居である自宅マンションに戻ることはほとんどなかった。新婚なのに、まだ夫婦らしい会話もない。たまにスマホでメッセージのやりとりをしているが、仕事の話だけだ。

しかしすぐさま、仕方ないと思い直す。

（夫婦とはいえ、私達の関係は普通とは違うから……）

結婚すれば愛が生まれるのかもしれないと期待していたが、甘かった。

正確には、千秋にキスをされて以来、文乃は二人の間に愛が生まれればいいのにと願っていた。我ながら単純だという自覚もある。

文乃の中には日に日に千秋に対する情愛が育っているのに、それは夫婦愛には程遠い単なる片思いのようだった。

（形だけでも、千秋さんのそばにいられるのなら……今は、それで）

ただでさえ、『さくらや』の経営のことで頼り切っている。これ以上迷惑はかけられない。政略結婚が枷《かせ》となり、文乃は本心を言えずにいた。

§

その後行われた従業員向けの説明会は必要最低限の内容でしかなかった。もっと深い話をしようにもできずに、千秋と会えないまま一週間が経過した。

『羽田空港に着きました。「さくらや」の今後について、食事をしながら話をしましょう。午後六時頃、地図の店で待っています』

いきなり、海外出張で渡米していた千秋からメッセージが届く。

休日なのに予定もなく、部屋でごろごろしていた文乃はひどく焦った。

（今から？　それに、どうして外で会うの？）

話をするのなら、家に帰ってくればいいではないか。疑問に思うが、悠長に考えている場合ではなさそうだ。待ち合わせ時間までのカウントダウンは始まっている。

文乃はスマホをタップし、千秋から指定された店を調べた。

「どうしよう。ドレスコードがありそうなレストラン……」

高級フレンチレストランのサイトを眺めて文乃は途方に暮れる。女将《おかみ》業に邁進《まいしん》してきたことは文乃の誇りだが、その一方でプライベートの極端なひきこもり人生を猛烈に後悔していた。

（着ていく服がない……！）

文乃の人生のイベントにおける服装はいつも着物だった。お見合いも、両家顔合わせも、結婚式も純和風。

和装でもドレスコードに準じれば問題ないだろうが、できることならフレンチレストランに相応《ふさわ》しい洋装も着こなせる妻でありたい。

（千秋さんに認められたい）

そんな風に思う自分は、政略結婚した人間としてはおかしいだろうか。

「とにかく、洋服が必要だわ」

着物はいくらでもあるのに、まともな洋服は持っていない。今もくたびれたジーンズにTシャツという格好だ。

母親が生きていれば相談できたのにと思うが、すぐに頭を切り替える。

「こんな時は由衣《ゆい》ちゃんだ」

佐藤《さとう》由衣は『さくらや』のバイト仲居で、二十四歳と年も近いことから文乃にとって話しやすい相手だった。

由衣に『お知恵を貸して下さい』とメッセージを送り、事情を説明する。文乃らしい固い文面だが、早々に返信は届いた。

『地図の場所は友達のお店です。事情は伝えておきます。そのまま向かって下さい』

文乃はバッグを手にマンションの部屋を出て、由衣の友人が働くセレクトショップを目指した。

その二時間後、高級レストランでも浮かないレディへと文乃は見事に変身する。

代官山のおしゃれなショップで由衣の友人がすすめてくれた服を買い、靴やアクセサリー等の小物類はレンタルした。ありがたいことにヘアメイクはサービスらしい。

スマートエレガンスに合わせた光沢のあるブルーのドレス。前後で丈の違うフィッシュテールは可愛らしく華やかだった。

ストレートの黒髪はゆるく巻かれ、編み込みと合わせたダウンスタイルに。

メイクはキツめの顔立ちが優しく見える淡いカラーで、ナチュラルに仕上がっている。

(私じゃないみたい)

ショーウィンドウに映る自分の姿に、文乃は呆然とした。

「……、急がなきゃ」

千秋との待ち合わせの時間が迫っている。慣れないヒールで文乃は小走りになった。

恵比寿にあるスタイリッシュな複合施設のプロムナードを下り、正面にそびえ立つ城のような建物へ向かっていく。美しくライトアップされた目的のフレンチレストランは堂々としていて、すっかり気後れしてしまう。

「フレンチなんて久しぶり」

入り口の前で立ち止まっていると「文乃さんですよね？」と後ろから声がした。

「あ、千秋さん」

振り返ると、千秋がそこにいた。ダークカラーのスーツにシルクのネクタイ、ポケットチーフには控えめな柄がプリントされている。まるでこの城に暮らす貴族のようだ。

久しぶりに見る夫の姿に、文乃は恥ずかしながら見惚れてしまった。

「中で待っていて良かったのに。そんな服装じゃ、まだ寒いでしょう」

五月の夜にオフショルダーのドレスは張り切り過ぎだったかもしれない。

「今、来たところです」

「そうですか。じゃあ、一緒に」

千秋が手のひらを差し出した。

「段差があります。暗いので気をつけて」

「ありがとうございます」

文乃は素直に千秋の手を取った。御曹司はエスコートも完璧だ。

意識しないようにすればするほど、かえって文乃の胸はときめいてしまう。こんな素敵な夫を持っていて幸せでないはずがない。

文乃は頬を染めてそっと千秋の横顔を盗み見た。長いまつげ、高い鼻、シャープな顎《あご》。完成度の高い造作に思わず溜息が零れそうになる。

「いらっしゃいませ」

エントランスに一歩踏み入ると、豪奢なシャンデリアに螺旋階段《らせんかいだん》、美しいフラワーアレンジメントと、エレガントな世界が広がる。

「予約していた風間です」

千秋が告げれば「お待ちしておりました」とスタッフが二階へ案内してくれる。

エレベーターを降りると、ゴールドに輝くグランメゾンが待ち受けていた。バカラのシャンデリアにクリスタルで装飾された壁。老舗《しにせ》料亭の一人娘である文乃でさえ圧倒される。

奥まった壁際の席に着くと千秋が訊ねてきた。

「お酒は飲めましたよね？」

「はい。嗜《たしな》む程度ですが」

「まずはシャンパーニュで乾杯しましょう」

千秋はシャンパンをオーダーした後、ソムリエと相談しながらワインを決めていく。一連の言動はどれも自然でスマートだった。

慣れているのは当然だろう。千秋は御曹司なのだ。

（それに比べて私は経験不足すぎる）

文乃はひきこもり人生を再び反省した。

「今日はいつもと雰囲気が違いますね」

千秋の言葉を聞いた途端、露出した首回りや背中が熱を持つ。

着物の帯がないだけで文乃は頼りない気持ちになった。

「ドレスはまだ着慣れず、すみません。あまりこういうところに来る機会がなくて。これからもっと勉強します」

「似合っています。素敵だ」

熱っぽい瞳で千秋に見つめられ、文乃は頬を染めた。

「そ、そんな。でも……、千秋さんにそう言ってもらえるのが一番嬉しい……です」

文乃は思わず本音を零す。

「それは意外だな。だったらもっと褒めましょうか。ドレスなんか関係ない。あなたは、素材そのものが綺麗です」

「からかわないで下さい」

「からかってなんかいません。文乃さんはいつも美しい。その輝きは、今夜だけのものじゃない」

御曹司は会話まで上品だ。

全身に千秋の視線を感じ、文乃は羞恥心《しゅうちしん》で身悶《みもだ》えしそうになった。

（まるで中身まで覗かれているみたい……！）

「冗談はやめて下さい。千秋さんのまわりには、もっと華やかで美しい女性がたくさんいますよね？　きっとこれまでだって、私なんかよりずっと素敵な人とおつきあいなさったでしょうし……」

文乃は顔を真っ赤に染めて興奮気味に反論する。千秋のような特別な人間には、素朴で地味な女性は珍しいのかもしれない。

（だからって、からかわないでほしい）

千秋に釣り合うようにドレスアップしてきたが、千秋が本心から気に入る女性になれたとは、とてもではないが思えない。

「俺の女性関係、気になりますか？　文乃さんが知りたいのなら全て話しますよ」

言いながら千秋は、不敵な笑みを浮かべた。弄《もてあそ》ばれているような気持ちになり、文乃は悔しくなる。そのせいで、多少、口調は冷たくなったかもしれない。

「……いいえ、必要ありません。私の関与することではありませんから」

それは文乃の本心でもあった。

千秋は夫であっても一人の人間だ。どんな恋愛をしてきたとしても、それが今の千秋を作っているのだから、口出しするようなことではない。文乃もそのくらいの分別はある。

（過去のことなんて気にしない）

ところが、文乃の割り切りは、千秋には不服だったようだ。

「確かに、文乃さんには関係ないでしょうね。女性はよく、恋愛と結婚は別だと言いますし」

その声はいかにも不機嫌そうである。

「だから、俺と結婚したんでしょう？」

「えっ……」

千秋の問いに、文乃は肯定も否定もできない。恋愛結婚したわけではないのだから、別だと言われればそうかもしれない。とはいえ文乃は、千秋に対して少なからず好意を抱いている。

「あ、あの……それは……」

「気にする必要ありませんよ。お互い納得して結婚したんですから」

千秋の笑顔はどこか空々しく文乃は気まずい気分になる。政略結婚を受け入れた事実を、今さら覆《くつがえ》すことはできない。

「あ、あの、お店は……」

いたたまれなくなった文乃は、無理やり話題を変えてしまった。

「……店？」

「経営方針のことです……。先日の説明会のあとも、従業員達から戸惑いの声があがっています。会社の決定に温情のようなものが感じられないと」

自分で話し出して、今更ながらに気が付いた。そうだ、今夜は、『さくらや』の話をするためにここへ来たのだ。文乃はうっかり舞い上がってしまった自分を恥じた。

「仕事の話か……。そうですね。俺がどんな女性とつきあっていようが、文乃さんには関係ない。たとえ、俺達が夫婦でもね。文乃さんにとって大事なのは、『さくらや』のほうだ」

ついさっきまで魅惑的に輝いていた千秋の表情が、あっという間に冷めていく。

(千秋さんがどんな女性とつきあっていても、私には関係ない……？)

千秋の台詞《せりふ》の真意が分からずに文乃は戸惑う。

(夫婦であっても？　過去の話じゃないの？)

文乃は激しくなる動悸を感じながら、黙り込む。運ばれてきた食事も味がせず、どうにかマナーだけは守ってフォークとナイフを動かす。

それに引き替え、千秋はどこまでも冷静だった。

「さて、仕事の話をしましょうか」

口元をナプキンで拭《ぬぐ》い、千秋は背筋を正した。文乃も表情を引き締める。

「まず、長く勤務されていると言っても、今の仕事量では仲居の時給に問題があります。売上の低迷が続く中、人件費に関しては毎年上昇し、『さくらや』の年間赤字はすでに三千万円を超えています。まずは従業員の給与を見直すべきです」

経営に関与してこなかった文乃にとって経営難という認識はあっても具体的な金額は寝耳に水だった。

「次に、週に数日、まったく客の来ない日がありますね。完全予約制は夜だけにして、昼は若干値段を抑えたメニューも提供してみようと考えています」

千秋の提案を、頑固な父親が認めるかどうかは分からない。文乃は頭を悩ませた。

話を聞いて頷くだけでは、女将《おかみ》として妻として不甲斐ない。しかし、様々な思いが渦巻いて相応《ふさわ》しい答えを導き出せず、時間だけが過ぎていく。

食事を終えてレストランを出たあとも、文乃はもやもやとした気持ちを払拭できなかった。

「車を呼んでいます。迎えが来るまで少し歩きませんか？『さくらや』のことは任せて下さい。業績が上がれば一番に従業員へ還元すると約束します」

それから千秋は、自分の上着を文乃の肩にかけた。

「だ、大丈夫です」

アルコールのせいか寒くはない。

文乃は上着を返そうとするが、千秋はそれに応じなかった。

「俺が嫌なんです。他人に自分の妻をじろじろ見られるのが」

「じろじろ？」

「さっきすれ違ったカップルの男性が見ていました」

文乃はまったく気づかなかった。

千秋には意外と神経質なところがあるようだ。

新しい発見をしたようで、文乃は思わず微笑んだ。

「すみません。あなたのこと、自分の所有物のような言い方をして」

「い、いいえ。私のほうこそ鈍感な妻で申し訳ありません」

「焦る必要はない……」

独り言のように千秋が言う。

「えっ？」

意味が分からずに文乃は聞き返した。

「なんでもありません。そうだ、プレゼントがあります。ジャケットの内ポケットを探《さぐ》ってもらえますか」

言われた通り文乃は内ポケットに手を入れ、スカイブルーの小箱を取り出した。

「これは？」

「ニューヨーク土産《みやげ》の定番です」

文乃もよく知る高級ブランドのロゴが目に入った。促《うなが》されるままに開けてみれば、一連ダイヤのネックレスが顔を出す。

もちろん、こんな値の張るアクセサリーをプレゼントされるのは初めてだ。百万円は下らないはずの高価な土産《みやげ》に驚き、文乃は御礼を言い忘れる。

「つけてみませんか？」

「……あ、はい……でも……」

「貸して下さい」

有無を言わさぬ調子で、千秋はダイヤのネックレスを手にして文乃の背後に回る。

ネックレスが触れ胸元がひやりとし、文乃は緊張を高めた。

「髪を上げてもらっていいですか？」

文乃は長い髪を持ち上げる。すると、うなじに温かなものを感じた。

千秋の吐いた息かもしれない。

首のすぐ後ろに、千秋の顔や指がある。

触れそうで触れない距離に、もどかしさが募った。

触れてくれたらいいのに。

触れてほしい――

だけど、そんなことはとても口にできない。

「できました」

当然ながら肌に触れられることはなかった。

千秋は文乃の正面に回り、全体を眺める。

「いいですね。とても似合っています」

「あ、ありがとうございます」

結婚式にはじまり、婚約指輪や結婚指輪、そして新居まで、あっという間に全てを準備してもらい、それらにいくらかかったのか文乃は詳細を知らない。千秋に甘えっぱなしだ。

「だけど、こんな高価なもの、私には必要ありませんので」

すると千秋がかすかに残念そうな顔をする。それに気づいた文乃は、慌てて取り繕《つくろ》おうとしたが遅かった。

「これから気をつけます」

「あ、あの、そういう意味じゃなくて」

「車が来たようだ。行きましょう」

千秋が手を差し出す。

「はい……」

文乃が千秋の手を取ると、優しく握り返された。高鳴る胸に気づいた文乃は、これは特別なことではないと自分に言い聞かせる。

(千秋さんにとっては、普通のこと……)

無言のままライトアップされた緑の中をゆっくりと歩いていく。

文乃は千秋の『焦る必要はない』という言葉を思い出していた。

(……もともと、愛はなかったのだから)

歩くスピードと同じくらいでいい。互いの気持ちが近づいていけばいい。

男女の愛でなくとも、きっと家族にはなれるはず。好意以前に純粋に千秋のことを人として尊敬している文乃は、この政略結婚を前向きに捉えようと思った。

(これからの長い人生を同志として歩めばいい)

手のひらに千秋の温もりを感じながら、きっとうまくいくはずと、文乃は未来を信じようとしていた。そのまま運転手付きの車で送ってもらい、午後十時半、文乃はマンションに到着する。

「では、まだ仕事がありますので、これで」

千秋は後部座席に座ったまま、軽く文乃に向かって手をあげた。

「……はい。おやすみなさい」

「おやすみ」

運転手がドアを開け、文乃は車から降りた。そんな文乃を確かめるでもなく、千秋はすでに前方を向いている。

(素っ気ない……)

そもそもこんな時間に、どこでどんな仕事があるというのだろう。

『俺がどんな女性とつきあっていようが、文乃さんには関係ない』

千秋の言葉が文乃の脳裏に蘇《よみがえ》る。

（まさか、別の女性が待って……？）

すでに出発した車のテールランプを目で追いながら、文乃は不安な気持ちになる。

たとえば千秋に自分以外の女性がいたとして、不貞を責めることができるのだろうか。『さくらや』の再建に尽力する千秋は、政略結婚の約束事をきちんと果たしている。

（……不貞になるの？　筋違いなのは私のほうかも）

無理やり千秋を縛《しば》ろうとしているのは自分じゃないだろうか。

文乃は複雑な思いを抱えたまま、一人寂しく部屋に戻るのだった。

§

その後も千秋がマンションに戻ってくることはないまま、半月が経過した。

（もうこんな時間だ。そろそろ寝ないと遅刻する！）

高級ホテルのような広々としたパウダールームの鏡に映るのは、ぼさぼさ頭にすっぴん黒縁眼鏡《めがね》、上下グレーのスウェットを着た干物女子だった。

早番の今日は十時前には店に着いていなければならないが、すでに時計は午前三時を回っていた。

「大丈夫。まだ五時間は眠れる」

文乃は片方の手を腰に当て豪快に歯磨きを始めた。

そして、帰らぬ夫に嘆息する。

（一応は新婚なのに。無断外泊はこれで何度目だろう）

先々週フレンチレストランで会って以来、文乃はほとんど千秋の顔を見ていない。

缶チューハイをちびちびやりながら今宵も待ってはみたものの、やはり無駄骨だったようだ。

文乃は千秋がいない生活に慣れて、いつしか実家から持ってきたスウェットでまったり過ごすようになってしまった。

（どうやら順能力は高いみたい……）

新居は東京都港区にあるタワーマンション。玄関に入って右手に扉は二つ。一つがパウダールームと浴室、もう一つはトイレだ。パウダールームと寝室は繋がっている。正面にも扉が二つ。それぞれリビングとゲストルームへ続く扉だ。そして左手の扉は廊下兼用のウォークスルークローゼット。その先には千秋の書斎がある。

百平米はある3ＬＤＫと四十五階からの眺望に、何一つ不満はない。

「こんな部屋、私一人じゃもったいないな」

不意に実家の父親や祖父母、それから飼い猫に会いたくなった。

（ホームシックかもしれない）

文乃はこれまでの二十七年間、実家を一度も出たことがなかったのだ。

うがいをし、口元をタオルで拭いたところで、ふと思い出す。

千秋が文乃の唇に触れたのは、お見合いの席でのたった一回だけだということを。

唇に情熱的なキスの感触が蘇《よみがえ》る。千秋にすればただの悪ふざけだったのかもしれないが、文乃にとっては特別な出来事だ。

「ああ、もう。今さら考えたって仕方ないでしょ！」

文乃はタオルを洗濯機に放り込んだ。

料亭の女将《おかみ》にしては細やかさに欠けるかもしれないが、クヨクヨしない大雑把な性格が幸いして、文乃は明るく生きていた。

パウダールームを出ると、玄関ドアが乱暴に閉まる音が耳に届く。この部屋に戻ってくるのは、千秋以外に考えられない。

「あっ……！」

そこで、ふらふらと廊下をやってくる千秋と目が合った。

「お、おかえりなさいませ」

文乃は驚いた表情のままで千秋を迎える。

「文乃さん？」

スウェット姿の妻を初めて目にした千秋は、困惑しているようだった。

「すみません。リラックスしすぎました」

「構いませんよ。ここはあなたの部屋ですから」

千秋は抑揚のない声で言うと、文乃の横を通り過ぎていく。

ふと、アルコールの匂いが鼻先を掠《かす》めた。

(随分と飲んでいるみたい?)

覚束《おぼつか》ない足取りが気になり、文乃は背後から千秋の脇に潜り込み身体を支えた。

「寝室まで一緒に」

この程度の気遣いは女将《おかみ》ならば持ち得て当然だ。

「………」

千秋は何も言わないが、少しだけ文乃に体重を掛けてきた。身長は高いけれどずいぶん細身だ。そのため、千秋を支えるくらいたいしたことないと思っていた文乃だが——

(見た目より重たい……細いのに逞《たくま》しい)

予想以上に筋肉質な千秋の身体に動揺しつつ、文乃は腰に手を回してそのまま寝室へと向かった。

ベッドの端に千秋を座らせ、ここからどうしようかと迷う。

二人で眠るためのキングサイズのベッドに問題はない。問題があるとすれば、ベッドを共にする夫婦の間に愛がないということだ。

「ここは、文乃さん、あなたの寝室でしょう。俺は書斎で眠ります」

千秋はネクタイを緩めながら、疲れた声で言う。

「どうして?　ここは二人の寝室です」

文乃を見て千秋は複雑な表情を浮かべた。

文乃にすれば当然のことを言ったつもりである。深い意味はなかったが、改めて思い返して動揺した。これでは、文乃から千秋を誘っているようなものだ。

「あ、あの……、そういうつもりじゃ……」

「すみません。泥酔した姿で帰るつもりはなかったんですが、あなたの顔が急に見たくなって」

思いがけない言葉に、文乃は胸の高鳴りを覚える。嬉しくなり、自然と思いが溢《あふ》れた。

「私も千秋さんの顔が見たかった……」

「それは本心？『さくらや』のため？」

ところが千秋は、眉をひそめ難しい顔つきになるのだ。

「あ、あの……」

文乃は、千秋の問いにどう答えればいいのか分からない。

本心であることを伝えようとするが、千秋が信じてくれるような言葉は思い浮かばなかった。

（ただ会いたかった……）

もしそう言ったら、千秋はどう思うだろう。

（いつも、そばにいたい）

忙しい千秋に迷惑をかけないだろうか。

「ごめん。いいんだ。どっちだって」

千秋の両腕が唐突に文乃の腰に回った。強く引き寄せられたことでふらつき、文乃も千秋にしがみつく。

文乃の胸の中にすっぽりと千秋の顔が埋まった。

自分の激しい鼓動が千秋に聞こえているかと思うと平静でいられない。

スウェット越し、胸のふくらみに熱い吐息を感じる。

もっと夫である千秋を感じたい。できるなら素肌に感じたい。淫《みだ》らだと思われるだろうか。

(ちゃんと妻にしてほしい……)

愛がなくてもかまわない。しかし、どうすれば本当の妻にしてもらえるのか、文乃にはまったく分からなかった。

だが、その時は唐突に訪れた。

「これ以上、理性を保てそうにない」

「あっ……!」

千秋はやや強引に、文乃をベッドへと押し倒す。文乃の顔から眼鏡《めがね》を外しサイドテーブルに置いた。そして文乃の頭を撫でると、骨ばった指に髪を絡めた。

文乃はされるがままだ。しかも、心はその先を期待している。

(妻にして下さい……)

文乃は千秋の首に腕をまわした。自分はこんな風に抱かれるのを待ち望んでいたのだと思い知る。

「文乃さんは、綺麗だ。いや、今日はいつもより幼くて、それも可愛い」

(お酒の匂いがする……)

首筋に顔を埋められ、文乃は緊張感を高める。

「嫌だったら言ってくれ。こんな言い方、失礼かもしれない。だけど俺は……文乃さんを俺だけのものにしたい」

千秋の真剣な眼差しに、文乃の心は高揚していった。

「私は……千秋さんだけのものです……」

酔っぱらい客から守ってもらったあの日から、とっくに心は千秋に囚われている。

千秋の手が、文乃の頬に触れた。

「ありがとう。大事にするから……俺に全部見せて」

熱の籠もった口付けが落とされた。

「……んっ」

愛らしい音を立てながら、啄《ついば》むような優しいキスが繰り返される。

ベッドの上、文乃と千秋の視線は絡み合ったままだ。

眼鏡《めがね》が無くてもこれだけ近くであれば、文乃にも千秋の表情は分かる。千秋はそれまで見たことのない男の色香を放っていた。

「文乃……可愛い……俺の文乃」

千秋の呼びかけに応じる間もなく、文乃の唇は再び塞がれた。隙をついて千秋の舌が口内に侵入する。搦《から》め捕《と》られた文乃の舌は、すっかり千秋に翻弄されていた。

（やだ……変な気持ちになる）

淫靡《いんび》な水音とともに粘膜を擦《こす》られる。強まっていく刺激から逃れようと、文乃は身を捩《よじ》った。しかし、捕らえられた身体に自由はない。

お腹《なか》の辺りに冷たい空気を感じると同時に、千秋の手がスウェットの中に滑り込んできた。

「やっ……ぁ……」

千秋の指は直《じか》にふくらみに触れてきた。その瞬間、ブラをつけていなかったことを思い出す。恥ずかしさのあまり、文乃の全身がかっと火照《ほて》った。

「痛かったら言って」

千秋は貪《むさぼ》るようなキスを続けながら、文乃の胸を揉《も》みほぐす。たとえ痛みがあったとしても、声にする余裕もないほどに文乃の口の中は千秋でいっぱいだ。優しく、時に激しい千秋の手の動きは、文乃がまだ知らない快感を連れてくる。

「……あっ、ん、んっ……」

自然と溢《あふ》れる甘い呻《うめ》きに、文乃自身が一番驚いていた。

(……恥ずかしい)

そう思うのに、どうしても声が漏れてしまう。

「……ん、ふぅ……っ」

「気持ちいい?」

唇が不意に解かれた。問われる間も胸は撫で上げられ、先端を指が掠《かす》める。身体の奥がむずむずするのを止められずに文乃は戸惑った。

行為に対する恥ずかしさから、文乃はなんと答えればいいのか分からない。ただ目に涙を溜めて、千秋を見つめ返すので精一杯だ。

「大丈夫だ……」

千秋の唇がそっと文乃の涙を吸い取った。

「俺に心を開いて。もっと気持ちよくなれるから」

スウェットが押し上げられ、胸のふくらみがあらわになった。欲望に支配されつつある千秋の前に晒《さら》された無防備な身体を、文乃は必死で隠そうとする。

「だ、だめっ……」

しかし文乃の両手は簡単に捕らえられてしまった。

「恥ずかしがらないで。すごく綺麗だよ……もっと見せてくれ。文乃のすべてを、俺だけのものにしたいんだ」

千秋は文乃の両手首を掴んだまま、ふくらみに唇を這《は》わす。皮膚の上を往復するやわらかな感触に、再び身体が疼《うず》き始めた。

「……っ、ぁ、んっ……」

僅かな抵抗など無意味だった。押し寄せる甘い刺激に、やがてまともな思考は出来なくなった。胸元に千秋を感じると、身体は強張るのに心は弛緩《しかん》した。

（もっと触れてほしい……）

願った途端、ふくらみに触れるものが唇からしっとりとした舌に変わる。舌の動きは文乃を試しているかのようだった。ゆるゆると周りを舐《な》め吸い上げるのに、触れてほしい中心にはなかなか到達しない。

「やっ……、あ、ん……」

文乃は困惑した。

（そこじゃない……どうか核心に触れて）

込み上げてくる切ない気持ちの正体が分からなかった。

（こんな気持ちは初めて……苦しい、助けて）

文乃は無意識に腰を捻《ひね》り、ねだるような仕草をする。

「……可愛いな」

千秋はやっと敏感な先端を口に含むと軽く吸い上げた。

「ひゃ、ぁっ……！」

唐突に刺激が全身を襲い、たまらず文乃は身体をしならせた。

触れてほしいと願ったはずなのに、触れられると逃げたくなる。

しかし千秋はおかまいなしに、卑猥な音を立て胸の先を口の中で弄《もてあそ》んだ。もう片方の先端は指で摘《つま》まれる。

「や……ぁ、んっ」

これ以上続いたらおかしくなってしまう。お腹《なか》の奥がじんじんし始め、文乃はいやいやと首を振る。

「も、もう……やめ……て……」

文乃の声に気づいた千秋が顔をあげた。

「焦《じ》らしているわけじゃないんだ。たっぷり感じさせてやりたいから」

文乃がどれだけ乱れようと、千秋はまだ冷静だった。文乃は少しだけ憎らしくなった。

(私ばかり、おかしくなってる……)

すると今度は、千秋の手がスウェットパンツへと潜り込む。文乃は慌てて膝を閉じようとするが、千秋の脚がそれを許さなかった。

「や、だめぇっ……!」

あっという間に秘部を探《さぐ》り当てられ、下着の上から撫でられた。そこがすでにしっとり湿っていることに文乃は動揺する。

(……ど、どうしよう)

千秋の指に擦《こす》られ、さらに蜜が溢《あふ》れ出した。まだ開かれていないその場所も、いずれ千秋にさらけ出さねばならない。

千秋にになら全部捧げてもいい、文乃は最初からそのつもりだった。

(落ち着かなければ……)

千秋の指の動きを感じながら、妻として抱かれるために準備したことを振り返る。

ひきこもり人生に終わりを告げ、エステやジムに通い始めた。ファッション雑誌を読むようになり、新しい服や下着も買った。

そこでふと、やがて剥《は》がされるはずの薄い布のことが気になり始める。

文乃は油断してまったく色気のない下着を穿《は》いていることを思い出した。

初夜のために購入したシルクのベビードールは、まだ梱包されたままクローゼットに眠っている。

今この瞬間、レースやフリルがたっぷりのランジェリーを身につけていないのが惨めに思えた。

千秋の手が下着にかかったところで、文乃は自分を取り戻す。

「ま、待って下さい！　こ……、これ以上は、まだだめです」

動きを止めた千秋は、目を丸くしていた。

「だめって、文乃さん……」

千秋の言い分はよく分かる。文乃の身体がどういう状態か、ずっと触れていた千秋が一番分かっているはずだった。

（だけど……だめだめ！）

それでも今日の下着で初夜は迎えられない。文乃の決心は固かった。

「……ごめんなさい」

「俺だって、もう」

すると千秋は文乃の手を取り、自身の昂《たか》ぶりに触れさせた。

「きゃっ……！」

千秋の股間は想像以上に硬く、そして大きく膨れ上がっていた。さらに文乃の意識は現実に返っていく。

（嘘……こんなものが私の中に？）

経験はなくとも知識はある。文乃はすっかり怯えてしまった。

「と、とても無理です」

「……分かりました」

気怠《けだる》そうに起き上がりベッドに座り直すと、千秋は大きく息を吐いた。

「ごめんなさい……わ、私、その……」

下着の件をどう説明しようか、文乃は頭を整理しようとするが――

「いいえ、気にしないで下さい。俺も酔った勢いですみません。じゃあ、おやすみなさい」

そう言い、あっさりと千秋は部屋を出て行った。

「酔った、勢いで……？」

身体を求められ嬉しかったのも束の間、愛情からではなかったと知り文乃は動揺した。

あれほど濃厚な口付けも、勢いでしかなかったのだと呆然とする。

「……冷静にならなくちゃ」

そう思うのに、心は少しも落ち着かなかった。

「分かってる……。愛情が無くても抱き合えることくらい」

この結婚は、愛情から成り立っているのではない。千秋が結婚相手として選んだのは〝文乃〟ではなく、〝『さくらや』の娘〟である。恋愛対象として見られていないことは百も承知だ。

「それでも千秋さんは、寄り添おうとしてくれているんだ」

抱き合おうとしたのは、千秋なりの誠意なのだと文乃は信じたかった。愛がなくとも夫婦になろうと努力してくれている千秋に対して、もやもやした気持ちになるのはお門違いだ――

文乃はそう納得して、心を鎮めるのだった。

§

『今日は早めに帰宅します』

スマホに届いた千秋からのメッセージを確認したのはもう何度目だろう。

その日、夫と三日ぶりに会えると、文乃の気持ちは朝から浮ついていた。甘い予感に、自然と顔が緩んでしまう。

(今夜こそ、本物の夫婦に……)

男女の愛情がなくとも夫婦になれると信じ、文乃は前向きに千秋との信頼関係を深めていくつもりでいた。何より、千秋と会えることが嬉しい。

早番だった文乃は、すでに仕事を終え自宅マンションに戻っていた。

ピピピピピピ。

キッチンタイマーが鳴ったので、コンロの火を止める。

鍋からパスタの入ったステンレスのかごを取り出したところで、文乃は時計を見た。

「もう七時過ぎてる」

そろそろ千秋が帰ってくる時間だ。

フライパンで熱したオリーブオイルへ急いでにんにくを入れる。たちまち食欲を刺激する香りが広がった。

「匂い、つかないかな」

リビングのソファには、取り込んだまま置きっぱなしの洗濯物。気にしながらも、文乃はマイペースに茄子《なす》とベーコンを炒めていく。

「にんにくの、香ばしいフレグランスということで」

新しい生活の中にも、さっそく文乃の陽気な性格が垣間見えていた。

トマトソースの味付けは、塩コショウにコンソメと適当にその辺にあるものを目分量で加える。スプーンでソースを掬《すく》い味見する。

「うん。いい感じ」

大雑把な文乃の料理は、奇跡的にいつも美味しく出来上がる。味に満足した文乃は、にんまりと笑みを浮かべた。

「何がいい感じ？」

「きゃっ！」

カウンターに肘をついて千秋がキッチンを覗き見ている。料理に夢中だった文乃は、心臓が飛び出しそうなほど驚いた。

まだスーツ姿ということは帰ってきたばかりだろう。

「いつから……」

「さっき」

「見てないで、声を掛けてくれればいいのに」

「楽しそうだったから」

千秋に見つめられ、文乃の顔は赤くなった。

「すぐに食事にしますね。あ、洗濯物」

文乃は慌ててキッチンを出てリビングのソファへ向かう。だらしないと思われないか冷や汗をかいた。

「待って」

すぐさま千秋に手首を捕らえられる。

「俺にも味見させて」

さらに腰に腕を回され身体を引き寄せられた。気づけば文乃は千秋の胸に抱かれている。百八十センチはある長身の千秋の腕から逃れられるはずもない。

「あ、あの……千秋さん？」

文乃が顔を上げると、目の前に千秋がいた。端整な顔立ちにうっかり見惚れていると、問答無用で唇を塞がれた。

（洗濯物……）

普段の生活を知られて、愛想を尽かされないか心配だ。

しかし、唇に千秋の体温を感じるうちに、それどころではなくなる。文乃は夢中で千秋の背中に腕を回した。

(本当の新婚さんみたい)

千秋からすれば、愛のない結婚生活の中での、せめてもの誠意なのだろう。文乃が感じている甘い空気はきっと錯覚だ。

(……それでもいい)

千秋が義務感で文乃を求めたとしても、受け入れるつもりだった。

すると、ますますキスが深くなっていく。

「……っ、……ち、千秋さん……」

苦しくなって名前を呼ぶと、応えるように舌が唇を割って侵入してきた。

文乃の舌は簡単に搦《から》め捕《と》られる。舌先を吸われ、身体が震えた。

「ぁっ……ん、んっ」

淡いピンクのシフォンスカートが、千秋によってたくし上げられる。文乃の内股に手のひらが差し込まれた。

(触れられてしまう……でも今日は平気)

今身につけている総レースの下着は、千秋に暴かれるためのものだった。文乃はこうなることを期待していた。

(だけど……まだ、早い……)

食事も終えていないのにと文乃は困惑する。

口内を愛撫しながら、その一方で器用に指は内股を撫で上げる。少しずつ秘所へと近づいてくる。

胸の鼓動が速くなる。唇と同じように下も濡れている。文乃は恥ずかしくなってしまった。

（まだ触れられていないのに……）

下着はすでにぐしょぐしょだった。

千秋の指が足の付け根に到達した。濡れた下着に気づかれてしまう。文乃は身体を強張らせた。

「……いい感じでした」

ところが、これからというところで唇は解放されてしまった。

「あ、あの……」

「トマトソースの味」

目の前にある形の良い唇へと、文乃の視線は釘づけだ。文乃を味わって舌なめずりする千秋の表情に、うっかり見惚れる。

（……千秋さん、色っぽい）

「着替えてきますね」

そう言って千秋は文乃から身体を離し、リビングを出て行った。残された文乃は、しばらく呆然として動けなかった。

（物足りない……）

文乃はそっと自分の唇に触れる。

もっと味わってほしかった。

もっと触れてほしかった。

「……何考えてるの、私！」

文乃は、両手で顔を覆って恥ずかしさに耐えるのだった。

（千秋さんが素敵すぎて、理性が飛んだ……）

しばらくして、着替えを済ませた千秋が戻ってきた。

「お待たせしました。いただきましょう」

まだ夢見心地な文乃と違い、千秋は平然とした態度で食事の席に着く。

ダイニングテーブルは、グレーのクロスにホワイトのテーブルランナーでコーディネートされていた。さらにキャンドルや花を飾って豪華に演出してある。

そこで、文乃は小さくため息をつく。

（あーあ……）

肝心の料理が残念なことになってしまっては元も子もない。

「ごめんなさい。パスタ、伸びていますね」

「俺のせいですから、気にしないで下さい」

向かい合わせに座っているが、文乃は千秋の顔をまともに見ることができない。

（妻としての評価を上げようと思ったのに……）

茄子とベーコンのトマトソースパスタは合格点には至らなかった。

落ち込みながらも、パスタを口に運ぶ。

トマトの酸味を舌に感じるたびに、千秋のキスが脳裏に浮かんだ。食事に集中できない。

(キスのことばかり考えてる)

文乃はテーブルの下でスカートをぎゅっと掴んだ。

「文乃さんの味がする」

パスタを口にして、千秋が言った。

「甘くて、酸っぱい、……ってこれ、セクハラ?」

真っ直ぐに文乃を見据え、千秋は余裕の笑みを浮かべる。文乃は再び、濃厚な口付けを思い出して顔を赤らめた。それに気づいたのか、千秋はくすりと笑う。

千秋は見透かしているのかもしれない。文乃が千秋のことばかり考えているのを。

「意地悪……ですね……」

(狼狽《うろた》える私を見て、楽しんでいるみたい)

文乃は恥ずかしさといたたまれなさで動揺し、グラスのワインを飲み干した。

「意地悪?　どうして?」

「千秋さんはいつも余裕たっぷりで、私を翻弄するから……」

千秋の言動は、どうしてこれほど心を揺らすのだろう。

(もっと近づきたいのにもどかしい……)

文乃は、自分の中に渦巻く感情に戸惑っていた。さらにグラスにワインを注ぎ喉に流し込む。

「翻弄しているのは文乃さんのほうですよ」

「私が？」

「それ」

千秋の指は文乃の胸元を差している。その先にあるのは煌《きら》めくネックレスだ。一連ダイヤのネックレスは、千秋がプレゼントしてくれたものである。

「だって、これは千秋さんが……」

「ネックレスじゃなくて、胸元の開いたトップスです」

ゆったりめのニットのトップスは、ショップの店員がすすめてくれたものだ。ネックラインが大きく開いたデザインは顔をすっきり見せてくれるらしい。

「これが？」

「屈む度《たび》に中が丸見えです」

文乃は真っ赤になって胸元を手で押さえた。

「外では着ないでほしいな」

「着ていません。見せたのは千秋さんにだけです」

きっぱり言い切る文乃を見て、千秋は口元を押さえて笑い出した。

やっぱりからかわれているのだと、文乃はまた悔しくなる。

「千秋さんは、私をからかって楽しいですか？」

強い口調で返すと、千秋の表情がすっと冷えた。

「だったら文乃さんは、俺の心を惑《まど》わせて楽しいですか？」

文乃は驚いて目を見開く。

「い、意味が分かりません。惑《まど》わせるも何も、私は千秋さんの妻です」

すると千秋は薄笑いを浮かべた。

「愛のない結婚を受け入れ妻になりきるあなたに、振り回されているのは俺のほうだ」

「そ……それは……千秋さんだって、同じじゃないですか！　愛のない結婚なのに……わ、私を抱こうと……」

文乃は高鳴る心臓を押さえて俯《うつむ》いた。

（興奮しすぎてる）

文乃は、声を荒らげてしまったことを悔いていた。しかし、自分ばかりが心を乱している気がしてならない。

（だからって、どうしてこんなにイライラするの？）

「愛がなくても、俺はあなたを抱きますよ」

冷ややかな千秋の声に、文乃は顔をあげる。千秋の本心に愕然《がくぜん》とした。

「抱いてもいいですか？」

文乃の意志を確認するように、千秋は繰り返す。鋭く光る瞳に射すくめられたように、身動きできなくなる。文乃は、小声で「はい」と答え、頬を赤く染めた。

（分かっている……愛がないことくらい）

「文乃さんらしいな」

そう言って、千秋は口の端を歪めた。

(それでも本心だもの……)

文乃は、自分と千秋を隔てるダイニングテーブルさえ邪魔だと思った。そして、気まぐれでもいい、また触れてほしいと期待した。

(きっと……私ばかりがこんな気持ちなんだ……)

千秋の心がまったく自分にないことを思い知り、文乃は落ち込む。それで食事を終えるまで、口を開かなかったのだ。

「ごちそうさまでした。後片付けしてきます」

文乃が席を立つと、「手伝います」と千秋もついてきた。予想外の行動に文乃は驚く。千秋のような立場の人間は、家事を手伝ったりしないのだと思っていた。

しかも、食器を下げるだけではなかった。

「結びますね」

キッチンでエプロンを着ける文乃の背後で、千秋が紐を結び始める。

「袖もまくりましょう」

背中から腕を回し、文乃の服の袖をくるくると巻いていく。

(まさか、こんなことまで手伝ってくれるなんて)

至れり尽くせりの千秋に文乃は戸惑った。

「ここ、いい眺めだ」

文乃の肩に千秋が顎《あご》を乗せて言った。

「えっ？」

「だから中が丸見えです」

千秋の視線が胸の谷間に注がれていると気づき、文乃は慌てて隠そうとする。

「動かないで」

しかし後ろから抱きすくめられ、身動きが取れなくなった。

「会社にも、こうしたセクシーな服を好む女性がいるんです。俺の秘書なんですが」

「……えっ？」

（セクシーな服を好む秘書？）

唐突にはじまる話に、文乃の胸はざわつく。

「だから慣れているつもりでいましたが、美しい女性からわざわざ肌を見せられて、平静でいられるほど俺は紳士じゃない」

文乃の中で一段と不安が大きくなった。美しい秘書が千秋のそばにいるのだと思うと、文乃だって無関心ではいられない。

「何か企んでいるのかと、疑ってしまいそうだ」

耳元で囁かれ背筋がぞくぞくする。

（……心臓が壊れそう）

胸がドキドキして、文乃はどうすればいいのか分からなくなる。

「企んでなんか……千秋さんにだけ、です」

「少し触れてもいいですか？　その言葉が本当かどうか、確かめたい」

千秋の切羽詰まったような声に、文乃はこくりと頷いた。

「ありがとう」

肩から伸びてきた腕が、開いた胸元からするりと降りてくる。下着の上から撫でられ揉《も》まれる。

身体が次第に敏感になっていく。

「……ふぅ……っ」

恥ずかしいけれど焦《じ》れったい、複雑な気持ちに文乃は翻弄される。

（あの夜のように、直《じか》に触れてくれたらいいのに……）

すると、文乃の思いが届いたようだった。

ブラの隙間に差し込まれた指は、躊躇《ため》らうことなく頂《いただ》きに触れてきた。

「やっ……」

足の力が抜けそうになるが、千秋がもう片方の手で腰を支えてくれた。先端を繊細に擦り続けられ、文乃は震えた。

「硬くなってきた」

千秋は愉しむようにそう言うと、文乃の耳朶を口に含んだ。舐《な》められかじられ、頭や首筋がじんじんと痺《しび》れ始める。一方的に弄《もてあそ》ばれているというのに、先ほどまでのイライラはすっかり消えていた。

むしろ、そうされることが嬉しかった。

「……ぁあっ」

同時に二箇所を攻められ、身体の芯まで甘い快感に痺《しび》れていった。千秋に触れられると、どうしておかしな気持ちになるのだろう。文乃は、自分の身体であってそうでないような、奇妙な感覚にとらわれる。

「いい反応だ。だったら、反対側も」

千秋は腰を支えていた左腕も胸元に滑らせた。先程と同じように、いきなり頂《いただ》きに触れてくる。片方は先端を弄《いじ》られ、もう片方は全体を揉《も》まれていた。

「や、ぁっ……、んン……っ……」

どんなに抑えようとしても、甘い声は唇から漏れてしまう。

(いつまで、耐えればいいの?)

「辛い?」

千秋に聞かれ、文乃は涙を溜めて何度も頷いた。

「ごめん。すぐに楽にしてあげるから」

千秋は片方の腕を胸元から抜くと、すぐさまスカートをまくり太腿《ふともも》に手を這《は》わす。指は大胆に下腹部を目指し、あっという間に秘所を見つけ出した。千秋はたっぷりレースが施された下着の上から、優しく敏感な部分を撫で回す。

「い……、やぁっ……、だ、めぇ……」

刺激に耐えきれず、文乃は身を捩《よじ》らせた。

「だめ、じゃないだろ？」

しかし意地悪な指は、容赦なくショーツのクロッチをずらし奥へと侵入すると、とうとう直接秘部に触れてきた。

「ひゃ、ぁっ……！」

「もう、とろとろだ」

指先が花弁を開き中へと入り込む。途端に文乃の身体はびくんと跳ね、膝から崩れ落ちそうになった。

（だめ……、そんなところ……）

甘い苦しみに涙が溢《あふ》れる。

「可愛いよ」

千秋がそう囁き、文乃はあまりの恥ずかしさに顔を手で覆った。

（やっと千秋さんの妻になれる？）

真っ赤になりながらも期待が滲む。

（愛情がなくても……きっと、家族になれるはず）

千秋の指技に身体が震え、頬を涙が伝った。

そうして夫婦の初夜を望んでいた文乃だが——残念ながら、願いは叶わなかった。

ピピピピピ、アラーム音にぱちりと文乃は目を開けた。カーテンの裾《すそ》から朝日が漏れているのが目に入る。

「もう、朝だ……」

文乃は抱き枕から離れ、仰向けになり伸びをした。それから、寝室の天井を見上げてため息をつく。キングサイズのベッドを一人で占領していることが、虚しかった。

昨夜も本当の夫婦にはなれなかった、と文乃は落胆する。

（味見だけなんてひどい……）

千秋は文乃を快楽の入り口へ誘っておきながら、「仕事があるので」と書斎にこもってしまった。中途半端な状態で置き去りにされてしまった文乃は、悶々《もんもん》としたまま眠りについた。

（……どうして、一人なんだろう）

結婚するまではひたすら感謝と尊敬の念を抱いていた千秋に対し、別の感情が芽生え始めている。もっとかまってほしい、甘えたいという子供じみたものだ。

（だって一人寝は寂しい……）

これまで色んなことを一人で頑張ってきた文乃は「私、変かも」と思った。愛のない結婚に、求めるものが多すぎる。千秋に対するこの感情はなんなのだろう。

そこで大事なことを思い出す。

「朝食の準備をしなきゃ！」

文乃は、寝室を飛び出しパウダールームの扉を開ける。すると湿った暖かな空気が流れてきた。

「おはようございます」

「おはようございい……きゃっ！」

全裸で目の前にあらわれた千秋に、文乃は叫び声をあげてしまった。

そこで千秋は手早く下半身にタオルを巻いた。

「すみません。朝、シャワーを浴びるので」

「い、いいえ。私こそごめんなさい。勝手に開けてしまって」

「気にしませんよ。文乃さんだから」

千秋は魅惑的な熱を帯びた視線で、文乃を見つめてきた。鍛えられ引き締まった上半身、程よく筋肉のついた腕、どれも直視していられない。文乃は真っ赤になって目を逸らした。

「俺も見たんだし、文乃さんの身体」

文乃は「なっ！」と両手で顔を覆った。

（なんてことを言うの……）

これまでの恥ずかしい行為が思い出され、羞恥《しゅうち》で身体が熱くなる。

「まだ恥ずかしいんですか？　俺達夫婦なのに」

千秋は文乃の顔を覗き込んできた。

「昨夜もあんなに可愛い声で、啼《な》いたじゃないですか」

さらに、耳元に囁きかける。

（……私、どんな声で……）

千秋の指が這《は》う甘い感覚が蘇《よみがえ》り、下腹部が疼《うず》いた。慌てて文乃は首を振る。

「わ、私、変でしたよね？」

ゆっくりと文乃は顔をあげる。

「変なんかじゃありませんよ。文乃さんは真面目で可愛いな」

手の甲で口元を押さえ、くくっと千秋は笑う。笑われるのは不本意だけど、夫に可愛いと言われて嬉しくないわけがない。

「正直に申し上げます。私、恋愛経験が一切ないんです」

ひと思いに言い切って、文乃は大きく息を吐いた。

充分大人な二十七歳の女の告白をどう思うだろう。

(引かれるかな……)

文乃は冷や汗を流しながらも、どこかすっきりした心境だった。千秋に素の自分を受け入れてほしいという気持ちが芽生えていたせいだろう。

千秋は一瞬、驚いたような表情をしたが、すぐに「なるほどね」と納得した。

「もしかしたら、とは思いました。接客は抜群に上手いのに、時折ぎこちないから。料亭でも、男性客相手だと身体を硬くしていましたね」

「えっ、働いている時の私？」

「見ていましたよ」

真っ直ぐに見つめられ文乃の脈は速くなる。

「そうか、文乃さんは恋を知らないんですね」

言いながら千秋は文乃の頭に手を添え、額に額を合わせてきた。美しい顔が間近にあって、呼吸がしづらい。文乃の体温はどんどん上昇する。

「これから誰と恋をするつもり？」

千秋の爽やかな息が顔にかかった。

（……胸が苦しい）

意地悪な質問に鼓動が速まる。誰と恋をするかなんてもう決まっているはずだ。文乃は人差し指をそっと千秋の胸に当てた。

「俺でいいの？」

文乃は小さく「はい」と答える。

恋をする相手は千秋以外に考えられない。

「覚悟して。最初で最後の恋だから」

真剣な千秋の声が聞こえ、文乃は戸惑う。千秋は文乃をからかっているだけだ。これ以上心を乱されてはいけない。分かっていても、気持ちが揺れるのは止められない。

戸惑っているうちに、唇の端にキスされた。

「千秋さん、あの……」

逃れようと身体を傾けても、目元へ、頬へ、首筋へ、キスは止まらず落ちてくる。

「だめ……」

「またおあずけ？」

「歯磨きしてないから、だめです」

文乃が頑として言うと、千秋はおかしそうに肩を揺らした。笑われている理由は分からないが、嫌ではなかった。

（心が、千秋さんでいっぱいになる……もしかして、これが恋？）

愛のない結婚だけれど、これから恋がはじまるかもしれない。じわじわと胸の中が温かくなる。

微かな恋の予感に、文乃は幸せな気持ちになった。

§

五月のうららかな日だった。『さくらや』は、いつもどおり営業中。

昼席の片付けを終え、夜席の準備が済んだ今の時刻は午後四時だ。

早番の文乃は午後五時までの勤務である。

「急いで生け花のチェックをしないと」

その後は予約状況の確認だ。料亭の女将《おかみ》の仕事は多岐にわたる。

早く帰って夕飯の支度もしたい。その前に、買い物をしにスーパーへ行かなくてはならない。

できることなら千秋が戻る前に掃除や洗濯もしておきたい。

（働きながら主婦をするって大変……）

気をつけているはずが、文乃はうっかり溜息を吐いてしまった。

「女将《おかみ》、大丈夫ですか？」

偶然通りかかった仲居の由衣が心配そうに近づいてくる。

ボブヘアに丸っこい顔の由衣は愛嬌があり、客の評判はいい。

「由衣ちゃん、お疲れさま。私なら大丈夫です。ちょっと考え事していただけ」

「素敵な旦那様のこと考えていたんでしょう？」

由衣がにやにやしながら言った。

「違います」

文乃は耳まで赤くして否定する。

「今度ご自宅に遊びに行ってもいいですか？　お金持ちの新婚生活って庶民には想像もつかなくて」

「由衣ちゃん、私のこと分かっているくせに。普通、です」

千秋はともかく、文乃のプライベートは普通か、もしくは、それ以下だ。

「文乃さんの普段着が超絶ダサいのは知っていますよ。でもクールな風間常務がどんな反応をするのか見てみたくて。料亭ではキリッとしてる女将《おかみ》が、日頃は変なプリントTシャツを着ているのって逆に萌えちゃうのかなぁ」

由衣は意味深な顔をする。

「ま、まさか」

「ギャップ効果だったりして」

確かに千秋は、すっぴんの文乃に「綺麗だ」と言った。

（……ギャップ効果？　ありえない！）

色気のないルームウェアは、新婚生活にふさわしくないと改めて反省する。

さらに、スウェットを捲られ胸を見られた夜を事細かに思い出し、身体がぞわぞわした。

「女将《おかみ》が最近疲れ気味なのは夜が激しいせいだろうねって、休憩時間中の話題はそれでもちきりです」

「そ、そんな話するのはやめて」

「最近の文乃さん、綺麗だし色っぽいし、特に……」

由衣はいきなり文乃の腰の辺りを両手で撫でた。

「この辺りのラインがいやらしくなったって、村瀬さん達ベテランが言ってましたよ」

「由衣ちゃん！」

流石に同性でも職場でセクハラはアウトだ。叱る口調になるが由衣は懲《こ》りない。

「それから、おっぱいも大きくなったって」

両脇の間から由衣の腕が伸びてきて、文乃の胸を鷲掴《わしづか》みする。

「わ、本当だ。前より大きくなってる」

「冗談言わないで……あっ、いや、だめ……」

「すごい。感度も良くなってますね」

由衣は遠慮することなく文乃の胸を揉《も》み続けた。

「由衣ちゃん、ふざけすぎです！」

料亭の表で働く従業員は女ばかりのせいか、独特なノリがある。客の前でしっかりしてくれればいいと、文乃は多少のことには目を瞑っていたが、限度がある。

「文乃さん、幸せですか？」

「う、うん。だから、もう」

由衣の手が、ようやく止まる。胸を揉《も》まれてもくすぐったいだけで、千秋に触れられた時のような生々しさはなかった。困るのは、千秋の手の感触をリアルに思い出してしまうことだ。

（触れられる相手で身体の反応って違うんだ……）

文乃は、千秋の愛撫だから感じたのだと気づいた。

「文乃さんが頑張ってるの、分かっていますから。幸せになって下さいね。文乃さんを泣かす奴は、由衣が許しません」

「由衣ちゃん……」

夜間の専門学校に通いながら料亭で働く由衣こそ、がんばり屋である。元気で明るい由衣が、誰よりも真面目でひたむきなのを文乃だって知っていた。こうしてふざけながらでもないと聞けないほど、心配してくれたのだろう。

「風間常務にも、こうしていっぱい胸を揉《も》んでもらって下さい。由衣の予想では、常務がSで文乃さんがMですよね」

「あのね」

しかし、それはそれ、これはこれ、だ。きつく叱らなければと文乃が由衣を振り返ると、さらにその後ろに気まずそうな顔をした涼太がいた。

「涼太くん、どうしたの？」

「お嬢さんに話があって……」

涼太は胸を揉《も》まれていた文乃を直視できないようで、顔を背《そむ》けて口籠《くちごも》る。

「涼太には刺激が強すぎたかなぁ？」

由衣は涼太をからかうような口ぶりだった。呆れた文乃は、悪ふざけがすぎる由衣の手の甲を軽く抓《つね》るのだ。

「痛っ」

「由衣ちゃんは持ち場に戻って下さい。後でみっちりお説教しますからね」

「はぁい」

反省したのか、由衣は素直に返事をする。

由衣の姿が見えなくなったのを確認すると、涼太は神妙な面持ちで話を始めた。

「板長が俺に、『三好《みよし》』さんとこで二、三年修業して来いって言ってきたんです。何か聞いていますか？」

「父が？」

割烹《かっぽう》『三好』は『さくらや』と同様に歴史ある日本料理店だ。料理の腕を上げるための修業先としてうってつけと言っていい。それでも疑問は残る。

（なぜ、このタイミングで？）

これから『さくらや』を立て直そうという時に、腕のいい板前をわざわざ外に出すのはどうしてだろう。文乃には四代目である父親の真意が分からなかった。

「私、何も聞いていないの。もともと父は私に相談するようなことはしないから」

「そうですよね。ただ、お嬢さんはどう思いますか？　俺が店を出ることになったら」

涼太の眼差しは真剣そのものだった。

弟のような涼太が店を出るのは辛い。厨房《ちゅうぼう》の仕事においても信頼している。それでも文乃は、三好で修業するのは涼太の将来を思えばいいことだと判断した。

「三好さんでの修業は、涼太くんの成長に繋がると思います。だけど決めるのは涼太くん自身です。自分が思う道を進んで下さい」

涼太はなんとも言えない表情をする。悲しいとも悔しいともつかない微妙な表情だった。文乃は自分の意見は涼太の求めるものではなかったのかもしれないと思い始める。

「……そうっすね。少し考えてみます」

涼太は頭を下げて、その場を後にした。

（お父さん、何を考えているんだろう？）

仕事に家事に忙しい文乃は、涼太の修業について父親に確認できないまま翌日を迎えてしまった。

気がかりはあるものの、その日も清々しい朝だった。

鏡の前で襟元を調《ととの》える。帯を締めると、気持ちまで引き締まるから不思議だ。

女将《おかみ》の制服である着物に着替えた文乃は、仲居達一人ひとりに挨拶をしていく。

「おはようございます。今日もよろしくお願いします」

着付けの具合や体調など、従業員の小さな変化も見落とさないよう気をつけることが、お客様への丁寧なおもてなしや気配りに繋がるからだ。

店の外には、暖簾《のれん》を掲げて水を撒く仲居の姿があった。店の中では、窓や手すりを雑巾がけし、テーブルを拭き、床を掃く仲居達の姿。

「開店準備は心を込めてお願いします」

女将《おかみ》である文乃の声掛けから、料亭『さくらや』の一日は始まる。

「厨房《ちゅうぼう》を覗くついでに……」

(お父さんに涼太くんのこと訊《き》いてみよう)

厨房《ちゅうぼう》の様子を見るのも女将《おかみ》の仕事だ。しかし厨房《ちゅうぼう》に顔を出すや否や、善治郎に「邪魔だ、出ていけ」と一蹴されてしまう。

「お父さんとじゃ、話になりそうもない」

諦めた文乃は厨房《ちゅうぼう》を出て、軽く深呼吸した。

やはり疲れが溜まっているのか、多少眠気がある。うっかりあくびをしそうになり必死で耐えた。すると目尻に、涙がじわりと浮かぶ。指でそっと拭《ぬぐ》っていると、「女将《おかみ》さん」と背後から声が掛かった。

「は、はいっ」

「お疲れですね」

ベテラン仲居の村瀬が呆れたように言った。

「そんなことありません。元気ですよ」

文乃は精一杯の笑顔になる。

「新婚さんですからね、仕方ないでしょうけど。それにしても毎夜毎夜、ご苦労さまです」

村瀬は乾いた笑いを漏らす。

文乃はほんの少し憂鬱《ゆううつ》な気分になった。同性間での多少のセクハラは目を瞑っているとはいえ、由衣のスキンシップとは違い、村瀬のそれには明確な嫌味がこめられていた。

しかしここは堪《こら》えるしかない。人手不足の昨今、従業員に対して強気に出られる経営者はそういない。経営状態の思わしくない『さくらや』であればなおさらだ。

「説明会の内容、納得できません。時給の件、どうなっていますか？　勿論、風間常務に直接お話しされていますよね？　どうせ仲居の給料どころじゃないんでしょうけど。それにしたって料亭のオーナーが従業員のことより女将《おかみ》の身体に夢中なんて噂、あまり広まるのもねぇ」

「そんな噂が？」

「由衣ちゃんから聞いていません？　胸元のキスマーク、ファンデーションで隠したほうがいいですよ。接客業なのに無神経すぎます」

文乃はびっくりして胸を押さえた。

「着物じゃ見えないけど、更衣室で目にした仲居もいますから」

村瀬はとても不機嫌そうだ。もとから自己主張がはっきりとしたタイプであるが、文乃の結婚が決まってからは一段と厳しくなったように感じる。

「あ、あの、本当に誤解です。千秋……、夫は昨夜も仕事で書斎にこもりっきりでした。週のうちにマンションに帰るのも数日で、ほとんど外泊しています。真面目で、仕事熱心なんです」

すると村瀬は、お腹《なか》を抱えて大笑いする。

「女将《おかみ》さん、それ、本気で信じているんですか？　新婚なのに帰ってこないなんておかしいじゃないですか。他に恋人がいるんじゃないですか？　まぁ、風間の御曹司ですからね。愛人の一人や二人抱えていたって不思議じゃないけど。それにしたって、馬鹿にしていますね。妻や『さくらや』より、女遊びに夢中だなんて」

「いえ、だから、違います」

「初《うぶ》な女将《おかみ》さんを隠れ蓑にするなんて、さすが頭が切れるお人だわ」

村瀬はそう捨て台詞を吐いて行ってしまった。

（確かにまだ、本当の夫婦になれてはいないけれど……でも、まさか……）

千秋に妻以外の恋人がいるかもしれないという不安が、現実味を帯びる。

（風間の御曹司……、愛人の一人や二人……）

文乃は「そんなはずない」と声にして打ち消そうとするが、一度生まれた疑いはそう簡単に晴れなかった。

しかし、たとえ千秋に別の女性がいたとしても、文乃が口出しできるはずもない。

（政略結婚なんだから……）

最初から分かっていたはずだ。一般的な結婚とは違う。どんなに優しい言葉をかけられようと、千秋の心を独り占めすることなどできない。心まで自由を奪うなんて、とてもできない。

文乃は着物の胸元に手を添え考え込む。

（もやもやする……）

割り切れない気持ちが、霧のように立ち込める。それがなんなのか、文乃にはよく分からない。

そこで身体に伝わる振動に気づき、文乃は帯の間からスマホを取り出した。

『会議の準備があるので、会社近くのホテルに泊まります』

外泊を知らせる千秋からのメッセージだ。

これまで無断外泊ばかりだったのに珍しい。それがかえって不安を煽《あお》った。

愛人の一人や二人抱えていたって不思議じゃない——村瀬の台詞が再び蘇《よみがえ》り、文乃は背中に嫌な汗を感じる。

（このままじゃ嫌だ。確かめたい……！）

文乃は夢中でメッセージを打ち込み送信した。

『今日は早番なので、会社に行ってもいいですか？』

行き過ぎたことかもしれないが、千秋を疑いながら暮らしていくなんてできない。

（千秋さんの気持ちを知りたい……）

意地悪で優しい千秋の本心を、文乃はどうしても知りたくなった。愛情のない結婚を、千秋は本当に続けてもいいと思っているのだろうか。もし、他に大事な人がいるのなら、文乃が妻という立場でいていいのか確認が必要だ。

（どんな真実が待ち受けていても……きっと、受け入れるから……お願い……）

それでも、文乃は不安でしょうがなかった。

『何かありました？』

するとすぐに、千秋から返信が届く。それを目にした途端、文乃は我に返った。

「ああ、私……」

（会社にまで夫に会いに行くなんて、ありえない）

冷静になればまともでない内容だったとよく分かる。千秋だって不審に思ったはずだ。

『ごめんなさい。会いたかっただけです』

文乃は自分の浅はかさを後悔しつつ、メッセージを返した。またしても、間を置かずに返信を知らせる着信音が鳴る。

『待っています。会いに来て下さい』

思いがけない内容に、文乃はスマホを握りしめた。

「本当に、いいの？」

驚きながらも、文乃の表情は綻《ほころ》んだ。

第二章　この度《たび》、初夜を迎えることになりまして。

風間ホールディングスの東京本社は都心の一等地にある超高層オフィスビルだ。

ビルに入ると広々としたエントランスがあり、その中央には華やかなフラワーアレンジメントが飾られていた。さらに奥まった場所に受付カウンターがある。ここで通行証を受け取らねばセキュリティゲートから先には入れない。

「風間ホールディングス常務取締役、風間千秋の妻です」

受付嬢に告げると「伺っております」と返された。

「少々お待ち下さい。秘書が迎えに参ります」

ほどなくして、エレベーターからスタイルの良い美女が降りてきた。

「奥様ですね。秘書の二宮《にのみや》です」

二宮は明るいブラウンのロングヘアをさらりと掻《か》き上げ、名刺を差し出した。

「妻の文乃です。夫がお世話になっております」

文乃は丁寧にお辞儀をして名刺を受け取った。

二宮晴香《はるか》は、秘書にしてはドレッシーな服装だった。イエローのノースリーブワンピースを身に纏《まと》った姿は、ファッション誌のモデルのようである。

彼女と比べると、シンプルなリブワンピースを着た文乃はずいぶんと地味に見えた。

「役員室にご案内します」

エレベーターに乗り込むと、二宮は無遠慮に文乃を見つめた。

(もっとお洒落《しゃれ》してくるべきだった)

千秋に恥をかかせないだろうかと、文乃は緊張して無口になる。

「奥様、姿勢が良いですね」

二宮は感心したように言った。

「えっ?」

「女将《おかみ》業をなさっていると聞いておりますが、背筋が真っ直ぐに伸びていて美しいです。身体のラインを拾うワンピースを素敵に着こなしていらっしゃるのも、さすがです」

褒められるとは思わず、文乃は面食らってしまった。

「二宮さんのほうがずっと素敵です」

「まさか」

上品に微笑む二宮に、文乃はドキリとする。

千秋が言っていた、『セクシーな服を好む秘書』は二宮のことかもしれない。

(千秋さんの愛人が二宮さんだったら、とても敵わない……)

得体のしれない不安が押し寄せてきた。

「あの常務を虜《とりこ》にする奥様はどんな方なんだろうって、ずっと興味があったんですよ」

二宮の台詞に、文乃は戸惑う。

「虜《とりこ》になんて、……違います」

二宮の探《さぐ》るような視線に、文乃は苦笑するほかなかった。

「あれほど仕事人間の風間常務が、自宅に帰るようになったんですよ？　それまでは毎日のように
一緒に……」

「毎日……？」

「あ、いいえ……なんでもありません」

ごまかすように口元を押さえる二宮に、文乃の不信感は募る。

（千秋さんは毎日、二宮さんと一緒に過ごしていたの？）

千秋が自宅に戻ることは未だ少ない。出張や会社近くのホテルに泊まっていると聞いているが、
もしかして二宮も一緒だったのだろうか。文乃は疑心暗鬼に陥《おちい》る。

「千秋……いえ、夫は、今日は仕事で外泊すると言っています」

「あぁ……そうなんですか。やっぱり仕事人間ですね」

二宮は口早に言うのだった。

「着きました」

四十五階に到着したエレベーターのドアが開き、緊張しながら文乃は一歩踏み出した。

（千秋さんはここで働いている……二宮さんと）

ちらりと、二宮を盗み見るが、すました表情からは何も読み取れなかった。

絨毯《じゅうたん》敷きの通路を進み、突き当たりの部屋の扉を二宮がノックする。

「どうぞ」

中から聞き慣れた千秋の声がした。

「失礼します」

通された役員室には、まず入ってすぐの場所に重厚な応接セットが、それから窓際に高級感ある広いデスクがあった。

「迷わなかった？」

革張りのアームチェアに深く腰掛けた千秋が文乃に聞いてくる。

「はい。二宮さんのおかげで」

「お茶を淹《い》れてまいります」

二宮が下がろうとすると「いらない」とすかさず千秋が告げた。

「休憩したいんだ。二人きりにしてくれ」

「分かりました」

無表情のまま、二宮は速やかに退出した。

いざ二人きりになると、文乃は間が持たずにおどおどしてしまう。

「こっちにおいで」

千秋が笑顔で手招きをした。それに安心した文乃は、素直に千秋の椅子の隣に立った。

「ここに座って」

「きゃっ」

するといきなり腰を掴まれ持ち上げられる。あっという間に文乃は千秋の膝の上に座らされてしまった。バッグは取り上げられデスクの上に置かれる。

「重たくないですか？」

文乃は慌てて腰を浮かそうとした。

「ちっとも」

しかし背中から千秋に抱きしめられ、動けなくなる。

「今の俺、ちょっと舞い上がっています。文乃さんから会いに来てくれるなんて思わなかったから」

思いがけない千秋の告白に、文乃の鼓動が速くなる。

(舞い上がってる？　本当に？)

嬉しいとは思うものの、どう反応すればいいのか分からない。また、からかわれているのかもしれない。文乃は素直に千秋の言葉を受け取れなかった。

「……お仕事の邪魔をして、すみません」

無理を言って会社にまで来ておきながら、すでに後悔している。千秋が呆れているのではないかと。

「そんなわけないでしょう。むしろエネルギーチャージできますよ」

「……っ！」

千秋の唇が文乃の首筋に吸い付く。文乃は声が漏れそうになるのをなんとか耐えた。部屋の外まで聞こえたら大変だ。

しかし千秋は、わざと音を立てるかのようにキスを繰り返す。首から背中へ、さらに首に戻り耳朶を舐《な》められた。

(どうして？　誰かに聞かれても平気なの？)

もしかすると、まだ部屋の外には二宮がいるかもしれない。しかし、千秋のキスは止まない。

文乃はぞわぞわする感覚に身を捩《よじ》らせた。戸惑いながらも、心地よさに流されはじめる。

「こっち向いて」

千秋の声に、ゆっくりと顔を横に向ける。二人の視線が絡み、恥ずかしくなった文乃はうつむいた。

「ちゃんと俺を見て」

文乃は仕方なく上を向いた。

「文乃さんからキスして」

千秋の要望がエスカレートしていく。

(……ここで？)

いけないことだと思いつつも、千秋からもう目が離せない。そして、千秋にも自分だけを見ていてほしいと文乃は願った。

「早く」

麗《うるわ》しい造形をした千秋の顔を見つめて、文乃はそっと唇を重ねた。触れたのは一瞬だけなのに、張り裂《さ》けそうなほど心臓は高鳴った。

「もっと」

しかし足りないとばかりに、千秋は厳しい顔つきになる。言われた通り文乃はまた唇を触れ合わせるが、さらに「もっと」と催促される。

繰り返し千秋にキスをするうちに、文乃はおかしな気持ちになっていった。

（……私も、足りない）

千秋は文乃のキスを受けながら目を閉じる。そして服の上から文乃の両胸を揉《も》み始めるのだった。

「……ぁ、ン、んっ……」

とうとう文乃から声が漏れてしまった。

「可愛い」

千秋は目を開けて微笑み、「もっと聞かせて」と文乃の唇に吸い付いた。

唇から二人のものが混ざりあった液体が、今にも溢《あふ》れそうになっている。

扉の向こうで耳を澄ませばきっと聞かれてしまう。静かな室内に僅かに響く艶《なま》めかしい水音に、気づくだろう。

（恥ずかしい……だけどやめないで）

文乃は相反する気持ちに心を掻《か》き乱されていた。

「これ、外していい？」

千秋が服の上からブラのホックに手をかける。

「あ……、はい」

小さな声で文乃は答える。

リブ素材は伸縮性があるとはいえ千秋は器用だ。いとも容易《たやす》くホックを外してしまった。

「ふ……、ぁっ……」

自由になった乳房を服の上から撫で上げられ、ゾクリとした。

「やわらかい」

千秋は手のひらで胸を揉《も》みながら指で先端を弄《もてあそ》んだ。

「見て」

ワンピースの表面にくっきりと浮き出た先端の形に、文乃は「やっ」と顔を背《そむ》ける。

「ごめん。文乃さんの反応、かえってそそられる」

文乃のほうも薄々感づいていた。千秋は自分の困った顔を見るのが好きなのかもしれないと。

『常務がSで文乃さんがMですよね』

由衣の言葉を、あながち間違いじゃないと文乃は思い始める。

「本当に嫌だったら言って」

「い、嫌じゃないです」

耳元で千秋がくすりと笑った。

「じゃあ、俺にこんなことされてどんな気持ち?」

「そ、それは、恥ずかしいに決まって……」

「はは、そっか」

文乃の胸から手を離すと、千秋は腕時計を見た。

「そろそろ時間だな」

再び服の上からブラのホックを留め、下着の中にふくらみを収めてくれる千秋はやはり器用だ。

「来客があるんだ。中途半端で悪かった」

千秋は耳元で言う。

「ちゃんと感じたかったよね？」

何かあることを期待して、下着まで着替えてきた自分を思い返し、文乃は顔から火が出そうになる。

「ち、千秋さんはどうなんですか？」

「……え？」

「私とこんなことしてどんな気持ちですか？」

文乃は勇気を振り絞った。何より知りたいのは千秋の気持ちだ。

（……私以外に、こんなことする相手はいるの？　それから……）

愛のない政略結婚をし、恋を知らない妻と暮らし、不満は無いのだろうか。

（私のことを、どう思っていますか？）

聞きたいけれど、聞くのは怖い気もする。

「俺の気持ちなら、文乃さんの下」

「どういう意味ですか？」

「感じない？　そこの下に」

千秋が文乃の下腹部を指差した。

「俺の、ずっと当たってるはずだけど」

文乃はお尻の下にある硬くて温かなものがなんなのか、改めて理解し狼狽《うろた》えた。

「ごめんなさい。私、ずっと……」

「冗談だよ、大丈夫」

「本当に、ごめんなさ……」

腰を上げようとすると捕まり、再び膝に戻される。

「もっと知りたい？　俺の気持ち」

「あ……、はい」

「こんな時ばかり、本当に素直だな、あなたは」

千秋は愉快そうに言った。

「知りたいのなら……」

その声に文乃が横を向くと、千秋の顔が真顔に戻る。

「今夜、ホテルに来ませんか？」

（……ホテルに）

文乃は言葉の意味を熟考したうえで答えた。

「……はい。伺います」

千秋の気持ちを知りたい。できるならば妻にしてほしい。その願いが叶えられようとしている。

文乃が誘いを断るはずがなかった。

「途中で嫌だと言っても帰しませんよ。手加減するつもりもないから、覚悟して下さい」

(手加減？)

意味深な台詞に少しだけ不安になる。

(誠実な千秋さんが乱暴なことをするはずがない)

分かっていても、文乃の胸はざわついた。

そこで役員室の扉がノックされる。文乃は慌てて千秋の膝から立ち上がり、ワンピースの裾《すそ》や髪を整えた。

「どうぞ」

見計らって千秋が返事をする。扉が開き、秘書の二宮が前に進み出た。

「常務、お時間です。次の予定が入っております」

「分かった、すぐに行く。妻を見送ってくれないか」

「かしこまりました」

二宮は表情を変えずに返事をした。文乃は千秋に軽くお辞儀をして扉に向かう。

「じゃあ、また後で」

軽く手をあげる千秋を、すでに文乃は愛しいと感じていた。

「ご苦労さまでした」

乗り込んだエレベーターの中で、二宮が文乃に向かって言った。

「いえ……、あの……」

文乃は二宮の表情がどうしても気にかかる。訳知り顔で、すべてを知られているのではと感じた。他人の様子を窺うのは、もはや職業病かもしれない。

「もしかして、何か聞こえました？」

文乃の問いに、二宮は意味ありげな表情で首を横に振った。その様子を見て文乃は確信する。

(やっぱり、聞かれてしまったんだ……！)

夢中になっていたため記憶が曖昧だ。休憩中とはいえあんなこと社員に知られていいはずがない。背中を嫌な汗が伝う。

しかしだからこそ、平静でいなければならない。

(何事もなかったように……それが大人としての礼節……)

しかし文乃は、恥ずかしさといたたまれなさで赤面した。

「会社で、すみません！」

とうとう文乃は両手で顔を覆った。そこで、呆れたように二宮が溜息をつく。

「風間常務、何を考えているんだか…………盗み聞きしたわけじゃありません。他の者に奥様の来訪を知られないよう、扉の前で見張りをさせていただきました。それで偶然耳に届いただけです」

表情を変えることなく、二宮は淡々と告げた。

「会社にまで押しかけた私がいけないんです。あ、あの、深い意味はないんですが」

（まさか夫の浮気を疑っていたとは言えない……）

大人らしく振る舞わなくてはと思うものの、文乃はすっかり動揺していた。

「差し出がましいとは思いますが、敵の多い場所ですから、奥様も少々気をつけたほうがよろしいかもしれません」

「敵……？」

思いがけない単語に、文乃は息を呑む。その反応に、二宮の目もまたたく。

「まさか、常務は何も話していないのですか？」

声を潜めながら、二宮は少しばかり身を屈めた。

「常務は社長の本妻のお子さんではありません。いわゆる非嫡出子なのだそうです。それでも大変優秀でしたので、本妻のお子さんを差し置いて後継者候補となりました。正式に風間家に入ったのは中学生の時だそうです。つまり、社長の親族が多い社内において敵も多いかと」

「……し、知りませんでした」

文乃は驚きと戸惑いで、言葉を震わせた。

「余計なことを申し上げたのかもしれません。てっきり奥様ならご存じかと……」

「お聞かせいただき、ありがとうございます」

二宮に向かって文乃は丁寧にお辞儀をした。

（……そんな事情が）

結婚式で新郎側の家族席にいた女性を思い出す。本妻は複雑な思いであの席にいたのかもしれない。文乃の父親は知っていたのだろうか。

『結婚する必要はない。店は畳んでも構わない』

式の前日まで、善治郎は文乃にそう言い続けていた。何か関係があるのだろうか。

千秋の境遇に心を痛めながらも、文乃には他に気になることがあった。

（どうして私の知らないことを、二宮さんは知っているのだろう？）

役員室の前で聞き耳を立てていたり、千秋の生い立ちを知らせてきたり、何か思惑がありそうな二宮に、文乃は警戒心を抱く。

二宮は悠然とした態度で「お疲れさまでした」と頭を下げた。

（大丈夫、千秋さんの妻は私……）

心を落ち着けようと、自分に言い聞かせる。

今夜、ホテルに誘われた理由が、会社のためだとしても受け入れよう。千秋に求められれば応えたい。身体を重ねることで、千秋をより深く知ることができるならそうしたい。文乃の中に覚悟が生まれた。

（千秋さんと家族になりたい……ずっと一緒にいたいから）

恋も愛も知らない文乃だけれど、ますます早く本当の夫婦になりたいと願うのだった。

§

「夜空に浮かんでいるみたい……」

壁一面がガラスとなった室内で、文乃は感嘆の溜息を零す。都会の夜景を見下ろす眺望はラグジュアリー感満載だ。きらびやかな高級ホテルのスイートルームに圧倒されていた。

「奥様、お気に召しましたか？」

スーツのジャケットを脱ぎながら、千秋は軽い調子で言った。

「私には贅沢すぎます」

しかし、文乃の表情は硬い。高まる緊張感に、ホテル最上階レストランでの豪華ディナーの記憶は飛んでしまった。

（それにしても、今夜だけでいくら使ったんだろう）

庶民感覚の文乃は千秋のお財布事情がどうしても気になってしまう。

「俺は、文乃さんのためなら破産しても構わないからね」

「冗談はやめて下さい」

「本気ですよ」

冗談なのか本気なのかどちらともつかない表情で、千秋は文乃の腰に手を回した。

「黒も似合う」

一段と千秋の声が甘くなる。これからはじまる行為を予感させた。

（……ドキドキする）

ホテルに誘われ、急いで調達したのは黒のシンプルでタイトなワンピースだ。

胸元も背中も開いていない。ただし、サイドの深いスリットが歩くたびに太腿《ふともも》をちらりと見せる。

「セクシーなドレスもたまにはいいかな」

千秋はじゃれつくように、スリットに手のひらを滑り込ませた。慣れた手つきで太腿《ふともも》からお尻の丸みまでを撫で上げていく。文乃は少しだけ身を捩《よじ》らせた。

「千秋さんが喜んでくれるなら、どんな格好だってしてします」

誰のためでもない、千秋のためのドレスアップだ。しかしそんな文乃の台詞に、千秋は怪訝《けげん》な顔をする。

「嬉しいな。でもなぜ？」

唐突に冷めた表情になると、千秋は文乃から離れソファに座った。

それから、ミニバーから赤ワインを取り出し、グラスに注ぐ。

「飲み直しましょう」

「……はい」

文乃は戸惑いを隠せない。

（いつものスウェットよりはましだと思ったのに）

自分には似合わなかったのだろうか。大胆すぎたのだろうか。文乃は悩みながら、スリットに手をあて首をかしげる。

「どうぞこちらへ」

文乃は千秋の隣に座り、バッグを端に置いてからワイングラスを受け取った。文乃がグラスに口を付けたところで、予想外の流れになる。

「秘書の二宮が余計なことを話したみたいですね」

千秋のどこか思いつめたような横顔に、嫌な予感がした。

「奥様に謝っておいて下さいと反省していましたよ」

「謝る、だなんて。私は千秋さんのことを知って嬉しかった。千秋さんのことならなんでも知りたいと思っています。だって……」

「俺の弱みを知ってどうする？」

その声は冷ややかだった。

「『さくらや』のため？　だったら何も知らなくていい。あなたは、俺に身体を自由にさせてくれるじゃないですか。それだけで充分です。『さくらや』のことはなんとかします」

知りたかったはずの千秋の本心に、文乃は愕然《がくぜん》とした。聞き間違いではないだろうか。

（身体を自由にさせるためだけの妻だなんて……！）

「そんな言い方……」

（子供ができればいいってこと？）

この結婚の意義をもう一度よく考える。『さくらや』のため、会社のため、本当にそうなのだろうか。

（私は……それだけじゃ……、それだけ？）

文乃はそこでドキリとする。自分の中にまったく打算がなかったと言い切れるだろうか。

「あなたは俺の実の母親と似ています。母は会社を経営していました。お金ほしさに父の愛人になった人です。事業のために他人に身体を自由にさせるなんて、男の俺からすれば馬鹿げているとしか思えませんが」

文乃はショックのあまり言葉を失う。

しかしその言葉は、文乃が抱く違和感や少しの罪悪感を言い当てていた。

（お金のことを言われると……）

この結婚をなんの迷いもなく肯定できない理由は、やはり政略結婚であるからだろう。

（だけど……千秋さんがそんな風に思っていたなんて）

やっぱり文乃は、千秋を信じたかった。

「失望した？　だったら、このまま帰ってもらって構いません。無理してまで俺に抱かれる必要なんかない。『さくらや』の再建なんて容易《たやす》いことです。これまでの分でおつりがきます」

千秋がわざわざひどい言葉を浴びせる理由があるはずだ。文乃の目頭がふいに熱くなった。

（泣いてはいけない……しっかり考えなくては……）

そう思うのに、瞳には涙が溜まっていく。文乃は瞬《まばた》きを堪《こら》えていた。

夫の会社にまで顔を出す厚かましい妻だと呆れただろうか。

似合わないお洒落《しゃれ》に精を出す妻に幻滅したのだろうか。

甘えた考えが頭をよぎる。

（そんなことじゃない……千秋さんは立派な人だから……）

千秋の心をしっかり見つめ直さねばならない。女将《おかみ》の仕事と同じだ。大事なのは誠意を尽くして人の心をお迎えすることだ。

「さすが、『さくらや』の女将《おかみ》だ。人を惑《まど》わすのが上手いな」

ダメ押しのような一言で、ついに涙が溢《あふ》れ、堰《せき》を切ったように流れ出す。頬から顎《あご》まで伝った涙は、とめどなくぽたぽたと落ちていく。

（私はなんて弱いのだろう……）

大事な人を前に怖気《おじけ》づいている。

二人の時間が失われそうなことに怯えている。

文乃は未熟な自分が悲しくなった。

すると小さな溜息を吐いた千秋がそっと文乃の目元を指で拭《ぬぐ》った。

「俺はひどい男ですよ」

千秋の声は少し掠《かす》れていた。文乃はただ首を横に振る。その間も涙は溢《あふ》れた。

「あなたは……本当に……」

千秋は文乃を抱き寄せ、その腕に力を込める。

「千秋さん、私の話を聞いて下さい」

逞《たくま》しい胸を押し返すが、文乃の力ではびくともしなかった。

「このまま流されてくれればいいのに」

文乃の首筋に唇を這《は》わせながら千秋は言う。

「こんな風に抱かれるのは嫌です」

「頑固だな。夫婦のセックスをするだけです」

千秋は強引に、文乃の唇を奪う。わざと大きな音を立ててキスを繰り返した。

（苦しい、離して……）

文乃の呼吸はとぎれとぎれになる。このまま流されたらきっと後悔するだろうと心の中で思う。

（私の思いはこの程度ではないはずだ……もっと深くて尽きることがなくて……）

恋なのか、愛なのか、そんなこと今は関係ない。文乃はただ千秋と生きていくと決めた。それが全てだった。

文乃は千秋の顔に手を添えた。そして、思いきり頬を抓《つね》る。

「痛っ！　何するんですか」

珍しく声を荒らげながら、千秋は文乃から身体を離した。

「だって、話を聞いてくれないから！」

「さっきまで泣いていたかと思ったら……」

千秋の表情はどこか楽しげに見えた。今なら聞いてもらえるかもしれないと、文乃は姿勢を正す。

「欲張りな私はいけませんか？」

「えっ？」

「亡き母が愛した『さくらや』を、守ろうとするのはいけないことでしょうか？　心のこもったもてなしができる従業員を、いつも贔屓《ひいき》にして下さるお客様を、大切にするのはいけないことですか？　私が大事にしているものを、同じように大事にしてくれる誠実な人を、愛そうとしてはいけませんか？」

文乃の真っ直ぐな瞳には千秋が映っているはずだ。どうかこの気持ちが届きますようにと文乃は祈る。

「………」

しかし千秋は答えなかった。文乃から視線を外し、何か別のことを考えているようだった。

「私達、焦る必要ないですよね？」

文乃は訴え続ける。

「これからもずっと一緒にいられますよね？」

千秋はグラスを手に取ると、残ったワインを一気に飲み干した。

「俺のものになるんだったら、考えますよ」

文乃を見ずに千秋は言った。

「そのつもりで来ました。千秋さん、こっちを見て」

「帰るなら今のうちです。簡単に考えないほうがいい」

しかし一向に千秋は文乃のほうを見てくれない。

（どうして、今になって突き放すようなことを言うの？）

悔しくなった文乃は、バッグを取り立ち上がった。

「もう、けっこうです。帰ります。私のことも、『さくらや』のことも忘れて下さい」

（千秋さんの、分からず屋！）

感情的になった文乃は、「忘れて」と言いながらも、部屋を出た後のことまで頭になかった。

千秋の前を通り過ぎようとしたところで、手首を掴まれる。しかし、千秋はまだうつむいたままだ。

「離して下さい」

「……ごめん。離せない」

千秋は呻《うめ》くように言った。

「あなたを初めて見た時、他の誰にも触れさせたくないと思った。今もその思いは変わらない。帰れと言っておきながら、本気で帰すつもりなんかない。会社や老舗《しにせ》のブランドのために、利用されてもいいと思った。文乃さんを、妻にできるのなら」

「千秋さん……」

「懸命に熱心に働くあなたは美しかった。客をもてなす時の優しさや気遣い、従業員に対する思いやり。そして何より、老舗《しにせ》料亭を続けていこうとする強い意志。あなたみたいにどんな時も凛《りん》として美しい女性に出会ったのは初めてだ。文乃さんを自分のものにしようとしたのは、俺の我儘《わがまま》です」

千秋の告白を聞き、文乃の胸は熱くなった。

「大の男がこんなこと言うの、恥ずかしいでしょう？　何度も言いたくないけれど、文乃さんがなかなか分かってくれないから」

照れくさそうに千秋が口元を隠した。

（言ってくれないと分からない……けれど……）

千秋は、自分が抱く愛と同等なものを文乃にも求めていたのかもしれない。

愛を育ててからひとつになりたかったのかもしれない。

（なんて不器用な人……クールな表情の裏では、なんて子供っぽい人）

そんな千秋が愛しくてたまらなくなった文乃は、思わず顔を綻《ほころ》ばせた。

「褒め過ぎです……」

文乃は腰を屈め、千秋の手を握り返した。千秋の目はやっと文乃を捉える。

「千秋さん、私を本当の妻にして下さい」

「……好きだ」

千秋は文乃を優しく抱き寄せると、髪にキスを落とす。胸がきゅっと締め付けられ、文乃は目を閉じた。

すると今度は、まつげに怖々と唇が触れる。

「好きだ。文乃さんが好きだ」

千秋の思いに文乃の心は震えた。

引かれ合うように、唇と唇が合わさる。千秋の愛に応えようと文乃は必死になった。口内に入り込んだ千秋の舌に、自らの舌を伸ばす。舌が触れ合った時、千秋はさらに強く文乃を抱き締めた。

（私も……好き……）

文乃は千秋の愛に満たされるのを感じた。

千秋は角度を変え、キスを深めていく。濡れた音だけが静かな室内に淫《みだ》らに響いた。文乃はただ夢中で千秋を受け入れる。

時おり解放される唇から、熱い吐息が漏れた。スリットの中へ差し込まれた手のひらが、お尻を撫でている。指先が下着のラインをなぞっている。

文乃はぼんやりしながら、心地よさに身を任せた。

「後ろ向いて」

その声に文乃は目を開ける。

文乃は千秋に背を向けてソファへ座った。

千秋によって長い髪が胸元へ流される。露《あら》わになったうなじに唇が触れた。耳朶を指先が弄《いじ》る。舌が首筋を這《は》った。

続けざまにワンピースのホックに手がかかる。ファスナーが少し下ろされた。

文乃は背中に冷気を感じどきりとする。続けざま、肌に柔らかなものが触れた。

「あっ……」

千秋は背中にもキスを落としたのだ。唇が吸い付き離れる。何度も繰り返される。

ジリリと、さらにファスナーは下ろされた。キスの位置も同じように下がっていく。千秋の指が背骨に触れ、びくんと、文乃の身体が反応する。そこで一気にファスナーは全開になった。

「手を、あげて」

文乃は従順だった。言われた通り両手をあげる。千秋の手によって、するりと黒い布は身体から抜き取られた。

「とても綺麗だ」

千秋は文乃の肩に口づけながら、ワンピースをソファの背もたれへと掛ける。パンプスは床に転がっていた。

（……どうしよう）

文乃にはここから先が分からない。

ブラとショーツとストッキングだけの頼りない身体を抱き締め、そっと後ろを振り返る。千秋がネクタイを抜き取り、シャツのボタンを外しているのが見えた。

恥ずかしくなって再び前を向き、文乃は身を縮める。すると正面のガラスに自分の姿が映っていた。恥ずかしくなってさらに身体を丸める。

「よく見せて」

肩を掴まれ、くるりと身体を回転させられた。

すでに千秋はボクサーパンツを穿いているだけだった。目のやり場に困った文乃は、うつむくしかなくなる。

「見えないよ」

胸の前で固く握っていた両手を掴まれ広げられる。

縁《ふち》がレースで飾られた淡いブルーのブラがむき出しになった。

千秋は文乃の両手首を掴んだまま、胸のふくらみに顔を埋めた。舐《な》められ、時々きつく吸われ、僅かな痛みが走った。

千秋の唇が離れると、そこには赤い花が咲いていていた。

「ぁ、ん……」

千秋の舌が、ブラのレース部分から内側へと侵入してきた。

ほどよい快感に文乃は小さく震える。舌の動きを敏感に感じ取った腰が僅かに揺れた。

とうとう湿った舌が先端に触れ、文乃は甘い吐息を零す。

「ここ好きだろ?」

そう言って千秋は文乃の手首を離した。自由にされたところで、文乃は何もできない。

(恥ずかしい……)

もどかしくなったのだろう、強引にブラが引き上げられる。ふくらみがふるっと揺れて飛び出す。

すぐさま千秋は先端に吸い付いてきた。

「ひゃ、ぁっ……」

痺《しび》れるような刺激がたまらず文乃は逃れようとするが、千秋の両手に腰をしっかりと押さえられ、どうすることもできなかった。

「ベッドに行こう」

「きゃっ！」

千秋は軽々と文乃の身体を抱き上げた。

「やっ、自分で行けます」

お姫様のように横抱きにされ、文乃は驚く。

「暴れないで」

額にキスを落とされ、口をつぐんだ。

（重たいよね……素肌が触れ合って……恥ずかしい）

すでにブラは剥《は》ぎ取られ、上半身に纏《まと》うものは何もない。文乃はとても平静ではいられなかった。

「どう？　ベッドルームは」

薄暗い照明の部屋には、中央にゆったりとしたベッドがあった。大きな窓ガラスから、やはり夜景が見渡せた。

「綺麗……宝石がちりばめられているみたいです」

千秋はそっと文乃の身体をベッドに横たえ、自らも隣に寝そべる。

「喜んでもらえて良かった。もっと近くに来て」

そう言って腕を伸ばす。文乃はそっと千秋の腕に頭を乗せた。

「触れてもいい？」

文乃の両胸の先端は触れてほしいとばかりに、すでにつんと上を向いていた。

それなのに口にしなくてはならないなんて恥ずかしい。

「触れられるの、嫌？」

（千秋さんは意地悪だ……知っているくせに）

触れてほしいと思いつつも、文乃はただ唇を噛んだ。

それを見て千秋は楽しげに目を細める。

「触れてほしいだろ？」

千秋の指が先端の僅か下を何度も行き来する。ぞくぞくして身悶《みもだ》えしそうになる。

文乃は小さな声で「触れて下さい……」と答えるしかなかった。

「良かった」

「いや、んっ」

いきなり敏感な場所を摘《つま》まれ驚いた文乃は身体をくねらせる。

「ごめん。痛かった？」

千秋のほうも焦ったようで、起き上がって乳房の状態を確認しはじめる。

「大丈夫です。びっくりして……」

「今度は優しくするから」

ゆっくり文乃に覆い被さると、千秋はふくらみにまずキスを落とした。

次に舌を使って先端を舐《な》め始める。舌先でゆっくり丁寧に円を描いていく。千秋は両方の先端を交互に舐《な》め回した。

「……あぁっ、ぁ……んっ！」

電流のようなものが身体を走り、思った以上に大きな声が出る。文乃は慌てて両手で口元を押さえた。

「気にしないで。声が聞きたいんだ」

「恥ずかしい……」

「可愛いよ、すごく」

そう言って千秋は再び先端を口に含んだ。

文乃の背中が反った隙に、千秋の腕が滑り込んだ。千秋は背中から腰までを撫でながら、ふくらみに舌を這《は》わせた。

「やぁ……、っ」

文乃は甘い吐息を漏らし続ける。そして腰を浮かせて揺らす。

「煽《あお》るな」

独り言のような千秋の呟きが聞こえた。

背中や腰を撫でる手がさらに下がり、ショーツの中へと入ってきた。お尻の割れ目にそっと指が滑り込み、文乃は腰を上げた。

「……は、ぁんっ……」

さっきまでふくらみを弄《もてあそ》んでいた舌は、お腹《なか》の辺りを這《は》っている。

（どうにかなりそう……どうなってしまうの）

押し寄せる快感の波に、文乃はいつまで正気を保てるか自信が持てなくなった。

文乃から剥《は》いだストッキングを千秋が後ろへ投げた。

流れるような動作で足首を掴まれ持ち上げられる。

「あ、あのっ……」

足の間から自分を見下ろす千秋の視線に文乃は戸惑っていた。

とても恥ずかしい格好をしている。

（まさか、全てを見られて……？）

「そんなに、見ないで下さい」

文乃はシーツをぎゅっと掴んで千秋から顔を背《そむ》けた。

「文乃さんは分かってないな」

「え……」

もう一度視線を戻す。

涼しげな目元、通った鼻筋、形の良い唇。千秋の整った顔が、ベッドサイドの間接照明に照らされて浮きあがる。いつもより色気のある表情だった。

千秋は文乃の踵《かかと》に舌を這《は》わせた。

「だ、だめっ……」

止めるどころか、千秋はふくらはぎまで舐《な》めあげる。

(先にシャワーを浴びれば良かった……)

羞恥《しゅうち》で身体はますます汗ばむ。残っていた自制心は、いつしか脚に触れる生温い感触に呑み込まれた。

「ぁあ……や、だめ……」

「そんな声で、そんな表情で、止められると思っているんですか？」

千秋の意地悪な視線に、文乃は緊張を高めた。

またひどいことを言われるかもしれないと少しだけ不安になる。

「文乃さんが何を言っても、俺を燃え上がらせるだけですよ」

千秋の手のひらが太腿《ふともも》を撫でた。

「い、やぁっ……！」

ますます手に力が入り、すでにシーツは乱れに乱れていた。

「本当に嫌だったら、俺を蹴飛ばして逃げろ」

千秋は真面目な声で言った。怒らせてしまったかもしれないと、文乃は慌てて首を横に振る。

「ごめんなさい……、は……、恥ずかしいだけです」

千秋がハッとした表情を見せた。いったん文乃の足から手を離し這《は》い上がってくる。

文乃の顔の真上で千秋は優しく微笑んだ。

「どんなことを叫んでもいいから。馬鹿とか変態とか」

「へ、変態？」

さすがに文乃も笑ってしまう。

「俺は全部調べるよ。どこがいいのか、どこが感じるのか。気持ちよくなってもらいたいからね」

「……全部ですか？」

「そう、全部。だけど怖がらなくていい。俺を信じて」

文乃は静かに頷いた。

（まるで子供をあやしているみたい）

文乃が未熟なせいで千秋に手間をかけさせているのかもしれない。その優しさが嬉しかった。

（千秋さんは、私が本当に嫌がることはしない）

無理やり抱くだけならば、これまでだって何度も機会はあった。しかし、千秋はいつも紳士的だった。

（……信じよう）

不安が徐々に消えていく。千秋になら全部知られても構わない。

「続けるからな」

文乃の唇にキスをして、千秋は足元に下りていった。

右足を唇で辿られ、左足を手で撫でられる。文乃はぞくぞくとした快感に腰を浮かせ捻《ひね》る。

どんなに耐えようとしても、甘い吐息は溢《あふ》れて止まらない。

「ふぁ……っ、あっ……」

唇と指が、膝の裏から太腿《ふともも》へと到達した。

文乃はゴクリと唾《つば》を呑んだ。

(再びあの場所に触れてもらえる……)

想像しただけでじわりと湿った。蜜が溢《あふ》れ始める。

(私、はしたない……?)

文乃はぎゅっと目を閉じた。

(千秋さんはどう思うだろう?)

恋愛経験の無い文乃は、千秋に自分が不埒《ふらち》なことを考えていると知られるのが怖かった。

(……でも、触れてほしい)

しかし唇も指先も足の付け根まで来ておきながら、なかなかそこには触れてくれなかった。

うっすら目を開けると、足の間に千秋の顔がすっぽりと収まっている。

(どうして、触れてくれないの?)

千秋のキスが秘部のすぐそばに落ちた。

「はぁ……ぁんっ!」

文乃の口から切ない声が漏れる。

太腿《ふともも》の内側を舌は何度も往復した。付け根の部分を舐《な》められ身体が跳ねた。

指先は下着のラインを撫で続ける。あと少し指を押し込めば触れられるはずだ。

それでも千秋は触れようとはしなかった。千秋の温かな息を感じてとろとろに溶け始める。

(嫌だ……濡れた下着が恥ずかしすぎる……!)

「ち、千秋さん……」

もどかしくなった文乃はとうとう夫の名前を口にした。

「どうした?」

歯がゆそうにする文乃の手に千秋が触れてきた。

文乃はその手に自分の指を絡める。

「私、変です」

千秋の指が文乃の手の甲を優しく撫でる。

「変じゃない」

「変です、だって……」

すごくいやらしいことを考えている。

千秋はそれに感づいたようだ。

「言って。どうしてほしい?」

「ふ、触れて……、あ、ぁあっ……」

言い終わらぬうちに千秋の指が下着の上から秘部をなぞり、文乃はびくんと弓のように身体を反らす。

(……どうしよう……気持ちいい)

優しく撫でられ解《ほぐ》されて気が遠くなりそうだった。

千秋は秘部を弄《いじ》りながら胸の先端を貪《むさぼ》る。肌は粟立《あわだ》つのに身体の芯は燃えるように熱かった。

「気持ちいいだろう？」

朦朧《もうろう》とする意識の中で文乃は首を縦に振った。

千秋は文乃から手を離すとショーツに手をかける。

「腰、上げて」

腰を浮かすと千秋はお尻からするりとショーツを抜き去った。

膝を立てられ左右に広げられる。脚の付け根からたらたらと蜜が流れ出るのを、文乃は感じていた。

「もう俺に隠すものはないね」

千秋が一糸纏《まと》わぬそこを眺めながら言った。文乃の白い肌はうっすら桃色に色づいている。

その様子に千秋がどれだけ気持ちを昂《たか》ぶらせているか、文乃には到底理解できない。

「だ、だめ……やっぱり恥ずかしい……です」

瞳を潤ませ熟した果実のような唇で文乃は訴える。

どうにか脚を閉じようと力を入れるが千秋に遮《さえぎ》られてしまった。

「見てるの、俺だけだよ」

「千秋さんでも恥ずかしい」

「見てるだけで、どんどん溢《あふ》れてくる」

「言わないで……」

見られるだけで感じている。文乃は自分の身体が恥ずかしかった。

「俺は嬉しいよ」

「……千秋さん」

「俺に見られて悦《よろこ》んでいる文乃さんが可愛い」

言葉にされることでさらに羞恥《しゅうち》を覚える。なのに身体はますます感じてしまう。

（……千秋さんだから……私、こんな風になるのね）

「触れるよ」

千秋の指が茂みの中をかき分けていく。蜜を絡めながら花弁をなぞる。蜜音に千秋の溜息が混じった。

「やぁっ……だ、だめぇ……」

甘い刺激に文乃は身を捩《よじ》る。予想以上にそこは敏感だった。

「すごく、濡れてる」

千秋の声もしっとりと甘かった。

その間も指は花弁を開き、割れ目をなぞる。丁寧に何度も上下する指を感じ、蜜孔が震えた。

「んっ、ン、んっ」

千秋はもう片方の手で胸を揉《も》みしだき、舌を先端に絡ませる。

蜜を含んだ花びらは撫で回され、ついに膨らんだ花芽を探《さぐ》り当てられてしまった。

「ふ、ぁ、あぁっ……！」

ほんの少し触れられただけでビクビクと脚が震えた。

「ここ、感じるだろ」

千秋は掬《すく》った蜜を花芯に塗り込んでいく。指は円を描き、粒を軽く押す。絶えず優しい刺激を与えられた。

（もう、だめ……っ）

「千秋さ、や……ん、んっ」

（だめ……だけど、やめないで……）

文乃は請うように千秋を見つめた。広げられ撫でられる花弁、擦《こす》られる花芽。胸の先端はねっとりとした舌に攻められている。あらゆる刺激が身体を襲う。

（あとどのくらい耐えられるだろう……）

「はぁ、あ、ぁ……っ」

文乃の息遣いはますます荒く乱れた。

胸元にあった千秋の頭が徐々に下腹部へと下りていく。そのまま茂みにキスを落とされ、文乃は驚いてしまう。

「……あ、あの、千秋さん？」

文乃は何をされているのか分からず、尋ねるようにさらさらとした千秋の髪に触れた。

「ひゃ、ぁっ……」

千秋は優しく花弁にキスをしてから顔を上げる。そこで文乃はやっと理解した。

（……もしかして、口で？）

じくじくとした熱を蓄《たくわ》える秘部は続きを待っている。それでも文乃は言わずにいられなかった。

「それは……だめ……」

「どうして？」

「だって……汚い……」

「綺麗な色をしているよ」

千秋は花弁を押し広げ空気に晒《さら》した。綺麗な色だなんて嘘だ。きっといやらしい色をしている。

文乃は目頭が熱くなるのを感じた。

（無理……そんなことされたら、私……）

文乃は絶えず蜜を流す秘所を、やはり恥ずかしいと思った。

「俺を信じてくれるんだろ？」

「……はい」

「文乃さんの苦痛を少しでも和《やわ》らげたいから」

千秋はそう言って下腹部に顔を埋めた。

今度は舌で花弁を撫でられる。音を立てて花芽を吸われた。絶え間なく唇と舌が秘部に刺激を与える。文乃の両脚は震え続けた。

「……やぁ……っ、あぁっ」

恐ろしいほどの快感で、文乃はすでに理性を失いかけている。

もう引き返すことはできない。

（だけど怖い……）

僅かに残る冷静な部分が、快感の波にのまれる身体を引き止める。

「ひ、ゃっ……」

千秋の舌が奥へ押し込まれた。ぐるぐるとかき回され頭がおかしくなりそうだ。

「あ、ぁんっ……ん、んン、っ」

いやらしい水音はどんどん大きくなる。

（だ、だめ……そんなこと……！）

子宮が収縮して疼《うず》く感じがした。

すると舌と同時に指まで潜り込んでくる。蜜を塗り込むように壁を擦る。

「……ん、んっ……！」

それは、隘路《あいろ》を押し広げられる痛み。

さらに、痛みとは別の刺激がやってきて文乃は思わず息を止めた。

（これは何？　こんなの私じゃないみたい）

「あ、はぁ……んっ」

指はさらなる奥を優しく解《ほぐ》していった。舌では届かなかった場所に触れられ、文乃は大きく息を吐く。

「ここも感じるんだ？」

顔をあげた千秋と目があった。指は一本から二本に増え文乃の中をまだ攪拌《かくはん》していた。

（恥ずかしい……だけどたぶん感じている）

答える代わりに文乃はじっと千秋を見つめた。

「分かってる」

抜き差しするたび壁をこすられる。刺激が強くなっていよいよ耐えられなくなる。

「や、ぁ……っ……、あぁっ……」

文乃は身体をくねらせながら、内股をびくびくと痙攣《けいれん》させていた。

言葉にしなくても身体は正直だ。愛がほしいと千秋を求めている。

（もっと感じたい。もっと愛されたい）

文乃は自身の本能に従って千秋に縋《すが》る。程よく筋肉の乗った逞《たくま》しい背中に腕を回し、胸元に顔を付けた。

「文乃……」

千秋に名前を呼ばれ感情が溢《あふ》れる。狂おしいほどの愛しさに胸が苦しくなる。

（…………好き）

文乃にできることはもはや千秋に請うことだけだ。

「千秋さん、お願い」

掠《かす》れた文乃の声を聞いて、千秋が優しく微笑む。

「文乃、好きだ、愛してる」

千秋は文乃に再び口づけた。それまでのどのキスよりも愛情深いキスだった。

愛されていると思うとさらに身体は敏感になっていく。

(私も好き。あなたが好き)

文乃は千秋のキスに必死で応えようとした。

キスを続けながら千秋は下着を脱ぎ捨て、文乃の両脚をさらに広げる。

千秋の大きく反り返ったものを目にして文乃は怯えた。

「……大丈夫だから」

千秋の声は少し苦しそうだ。それから避妊具を取り出したが、そこで手が止まる。

「ゴム、つけたほうがいいですか?」

文乃は「いりません」と首を横に振る。相手の気持ちを知りたかったのは文乃も同じだ。

「千秋さんは?」

「俺は……、子供はすぐにでもほしい」

その言葉が嬉しかった。文乃を長く悩ませていた靄《もや》が晴れていくようだ。

「私も、千秋さんとの子供がほしいんです」

決して政略結婚のための行為ではない。

(千秋さんと愛を交わしたい。千秋さんの子供がほしい)

今、繋がることでしかこの思いは伝えられない、と文乃は感じた。

「文乃、大事にするよ」

そこで千秋の熱を直接肌に感じビクリとする。

昂《たか》ぶったものが秘部に充《あ》てがわれたからだ。

千秋は手を添えてそれを擦りつけてくる。

とろりとした蜜が絡みついた千秋のものは滑らかで、まだ痛みはない。

擦れる熱によってそこがじんじんとするだけだ。

ただし、文乃から完全に恐怖が消えたわけではない。

これから与えられる痛みもそうだが、それ以上に怖いのは、このまま快楽に溺れてしまうことだ。

一度そうなってしまったら、果てしないような気がした。

千秋で埋め尽くされる自分になってしまいそうな気がした。

(……千秋さんのことしか考えられない)

そんな自分を千秋は愛し続けてくれるだろうか。

甘い期待と背徳的な疼《うず》きの際《きわ》で踏み止まる文乃は、僅かに身体を強張らせた。

「力、抜いて」

文乃はいつしか千秋にしがみついていた。

「それじゃ入らない」

「……んっ」

(あれが全部私の中に？　そんなことしたら壊れてしまう)

千秋の熱によって入り口をほんの少し押し広げられただけで、文乃は怖気《おじけ》づいてしまった。それは予想を上回る、圧倒的な質量だった。

「……ごめんなさい」

文乃の目尻から涙が零れた。悲しいわけじゃない。混乱しているだけだ。

「怒ってるんじゃないから」

千秋は文乃の肩に顎《あご》を乗せて溜息を吐いた。

勇気のない自分のせいで千秋が困っている。文乃は覚悟を決めた。

「私のことは構わず、好きにして下さい」

すると肩の上で千秋の頭が揺れた。笑い声が漏れてくる。

「また、おかしなこと言いました？」

「いや。可愛いなと思って」

そう言いながら千秋はゆっくりと腰を押し進めた。

「……あっ」

「痛い？」

「少し……」

「文乃の中に、俺がいるの分かる？」

まだ誰にも開かれていないそこは、愛する人の侵入でさえ容易には許さない。

千秋の背中へ回した腕に文乃はさらに力を込めた。

自分とは全く違う力強く逞《たくま》しい身体に縋《すが》り付く。

それに応じてじわりと千秋が進んでくる。

「……っ、う、ぅっ……」

「さっきより、奥に潜った」

文乃は静かに打ち震えた。

いつしか痛みを痛みと思わない感情に包まれる。

(千秋さんが私の中に……)

震えながら感じる自分に驚き戸惑う。

千秋を包むことがこれほど幸せだとは思わなかった。

温もりを感じると同時に切なさも溢《あふ》れる。

もっと奥に来てほしいような甘い切なさだ。蜜口から愛液が滴《したた》りシーツを汚す。

それどころか千秋を咥《くわ》えて汚している。文乃は恥ずかしくてたまらなかった。

「文乃の中はすごく気持ちいい。燃えるように熱くて、油断したらすぐに持っていかれそうだ」

千秋の声を聞いているとますます切なくなった。

ここから先は迷う必要などないはずだ。

(心のままに愛し合っていいんだ……)

あと少し勇気を出せばいい。すでに迎え入れているのだから。

文乃は自分から千秋に口づける。驚いたように千秋が目を見開いた。

「お願いします。千秋さんの気持ちをもっと下さい」

「分かった。もっと……、奥まで」

文乃が頷くと、ゆっくり千秋は腰を沈めた。

「……ぁ、ぁああっ……！」

千秋の熱が押し込まれ文乃の中を裂《さ》きながらどんどん進んでいく。予想以上の圧迫感にめまいを覚えた。

文乃は夢中で千秋に抱きついた。隙間は全て千秋に埋められてしまったようだ。ぎちぎちに詰まっている。

（これが現実だなんて……）

あまりにも艶《なま》めかしい行為に思考がついていかないのだ。

やがて身体の中で擦れる何かが痛みとともに甘い疼《うず》きを連れてくる。痛みは身体の痺《しび》れとともに麻痺していく。

（こんな感覚があるなんて知らなかった）

淫《みだ》らで恥ずかしいけれど、幸せで愛しくて、そして少し切ない。

文乃は熱く脈打つものを感じながら押し寄せる刺激に耐えていた。

「全部入った……文乃はもう俺の……俺だけのものだ」

熱い欲望が奥まで辿り着くとびくんと媚壁が震えた。うっとりとしたような千秋の表情に文乃は見惚れる。

「こんな気持ちで女性を抱くのははじめてだ。……文乃、愛してる」

ひとつになった幸福感でまた涙が溢《あふ》れる。本当の夫婦になれた喜びを、千秋も感じてくれているのなら嬉しい。

(私は、千秋さんだけのもの……)

文乃の涙を千秋が拭《ぬぐ》った。

「少し、動くから」

「……はい」

いたわるような律動が始まり文乃は少し身体を緩めた。摩擦の熱が身体を痺《しび》れさせ声が漏れる。

「あっ、ぁ、ん……」

心は切なくふるふると震える。愛しさはとめどなく溢《あふ》れ、快楽が波のように押し寄せてきた。

きゅうと蜜壁が狭まるのを感じる。

「文乃……、待って」

「……えっ」

「締め付けすぎだ」

文乃は呆然とする。

「ここを収縮させて、俺を締め付けてる」

千秋が文乃の下腹部を撫でた。

感傷的にひくつく膣内にひたすら文乃は動揺する。切なく震えていたのは、心ではなく文乃の体内だったのだ。

「わ、私が?」

千秋はふうと息を吐いた。

「……っ、絡み付いてくる」

千秋にいやらしく纏《まと》わりつく膣内に、恥ずかしさが込み上げ文乃は顔を赤らめた。

この行為の主導権は千秋にあると思っていたが、文乃も無意識に彼を翻弄していたのだ。

「文乃……」

どうにか冷静さを保とうと、千秋は文乃の胸のふくらみを揉《も》み始める。

「は、ぁん、っ……」

しかしその刺激がさらに媚壁を震わせてしまった。制御などできるはずもなく、文乃は千秋をさらに締め付けてしまう。

「くっ…………」

千秋から苦しそうな呻《うめ》き声が漏れた。文乃もどんどん切ない気持ちになっていく。

「……文乃は、感じやすいんだな。余裕がなくなってきた」

千秋は腰をぎりぎりまで引き、文乃の中から熱を抜く。ところが、ホッとしたのもつかの間、再び腰を打ち付けられた。

「あぁっ……！」

「……悪い、もう少し我慢して」

千秋は文乃の両膝を掴んで左右にめいっぱい広げた。

繋がった場所がよく見えて文乃はたまらなく恥ずかしくなった。

円を描くような腰の動きのあと、また熱は少し引き抜かれる。

まだ千秋は一番深いところにいたわけではなかった。

勢いを増した熱がずんとそこへ到達する。

「……あっ、あぁ、んっ！」

最奥に塊が当たり、文乃は驚いて涙を浮かべた。

千秋は箍《たが》が外れたように抽挿する。

肌がぶつかる音と水音が混ざり合う。

蜜壁が抉《えぐ》られひくつく感覚に、文乃の腰もいつしか揺れていた。

静かな室内に響くのは、淫靡《いんび》で魅惑的な行為の音だけだ。

それから甘い吐息と荒い息遣いも。

千秋の律動的な腰の動きに、文乃も合わせようとするがそう上手くはいかない。

「無理しなくていいから」

文乃のこめかみに千秋が優しくキスをする。

「辛くない？」

「……は、はい」

すでに文乃の息は上がっている。どんなに気遣われようがやはり痛みはあった。

「我慢強いな」

千秋は少し笑うと再び動き出す。

「……っ、ん、んンっ」

自然と甘い声が漏れた。

すると千秋は苦しそうに顔をしかめた。

文乃が感じる度《たび》に千秋を締め付けているようだ。

しかしどうすることもできない。身体が勝手に反応してしまうのだ。

千秋の動きが大きく速くなっていく。

繰り返し熱の塊が最奥に当たり疼《うず》き震える。

「や、ぁあっ……だめっ……あんっ……」

(何かがやってくる……まだ私が知り得ない何かが)

せり上がってくる悦楽に襲われながら、千秋の胸に顔を埋めた。

(いや……だめ……おかしくなるっ……!)

文乃は打ち寄せる快感に耐えようとするが、どうすることもできなかった。蜜路はきゅうきゅうと啼《な》いている。破裂しそうなほど、官能は高まっていた。

「文乃……っ!」

ひときわ強く貫かれ、意識が飛びそうになった。

腰を掴まれ、先端を子宮口に押し付けられる。とうとう文乃の中に溜まった熱が弾けた。

「はぁ――っ……あ、ぁああん……!」

感じているのは身体なのか心なのか、もう文乃は分からなかった。

千秋から欲望の飛沫が放たれるのを感じ満たされていく。ぐったりと身体を弛緩《しかん》させ、文乃はベッドに沈んだ。

体内ではドクドクとまだ熱が脈を打っている。

鈍い痛みと甘い快感が交互にやってくる。

文乃は目を閉じて、愛する人とひとつになれた喜びを静かに味わっていた。

「大丈夫か？　疲れただろう？」

千秋に髪を撫でられ文乃は目を開ける。

（このまま眠ってしまいたい……）

とはいえ、仕事で疲れている千秋こそ休ませてやりたい。文乃はなんとか笑顔を作った。

「大丈夫です……」

千秋はゆっくりと身体を起こす。文乃から引き抜かれた昂《たかぶ》りは、欲望を吐き出したばかりだというのに少しも勢いを失っていなかった。文乃は唖然とする。

（……すごい……あれが、私の中に……）

「ここで朝まで眠っていって下さい」

千秋は穏やかに言うと、ベッドを下りた。

「千秋さんは？」

「シャワーを浴びて社に戻ります」

時刻は午後十一時になろうとしている。

（働きすぎじゃないかな……それに、したばかりだし……）

文乃はどうにかして千秋を休ませる方法がないかと考えた。

「ま、待って下さい！」

千秋がベッドを振り返る。

（千秋さんを休ませないと……！）

良い案がないかと思考を巡らすが、頭の中に浮かぶのは千秋に抱かれた情景ばかり。

「あ、あの……、もう一度、抱いて下さい」

そんな文乃の口から出た言葉は、あまりにもストレートだった。

千秋は驚いた顔をしたあと小さく笑う。

「どうして？」

笑いながら訊《き》いてくる。

「そ、それは……子供が……、すぐにでも、子供がほしいからです」

子供がほしい気持ちに嘘はない。

（一晩で何回もしたからって、できるわけじゃないだろうけど……）

支離滅裂な言い分でしかなかったが、冷や汗をかきながら文乃は千秋を見つめる。

「もう一度抱けばいい？」

「朝まで……、朝まで抱いて下さい」

文乃はどうなるかなんて考えもせずに口走る。

（朝までずっと、一緒にいたい）

「……分かった」

千秋は照れくさそうに、それでいて楽しそうに髪を掻《か》き上げた。

第三章　この度《たび》、夫婦に危機が訪れまして。

デスクからボールペンがコトンと音を立て床に落ちた。文乃はハッとして目を開ける。

「うたた寝しちゃった……」

両頬を手で押さえ軽く溜息を吐いた。

料亭の事務所に従業員の姿がなかったのは幸いだ。女将《おかみ》がこんなことでは士気が下がる。

ボールペンを拾おうと腰を屈め「あたた」とうっかり声が出る。

「ちょっと頑張りすぎたかな」

文乃はそっと腰をさすった。

子供がほしいとねだったせいか、千秋はどんなに遅くなろうと、毎日マンションに戻るようになった。

二人で夕飯を取り、一緒にベッドに入り、飽きるまで身体を重ねた。

それが毎晩続いているのだからさすがに体力も限界だ。

だとしても、千秋に仕事と距離を取らせるにはこれが一番いい方法だと文乃は思っていた。

しっかり食事を取りベッドで眠ってもらうには、自宅に帰ってもらうしかない。

文乃だって千秋のいない生活なんて考えられなかった。

（隣に千秋さんがいると安心して眠れる……）

千秋に抱き締められると、文乃はとても幸せな気持ちになれた。

昨夜の丁寧な愛撫の感触はまだ身体に刻まれたままだ。思い出すだけで下腹部が甘く疼《うず》いた。

文乃が一人でこっそり顔を赤らめていると、事務所のドアがノックされた。

「お嬢さん、ちょっといいですか」

板前の涼太の声だ。

「はい。どうぞ」

「失礼します」

頭を下げて帽子を外し、涼太が事務所に入ってくる。

「どうしたの？」

「お客さんの予約内容を確認に来ました」

「あっ、ごめんなさい」

文乃は慌ててパソコンを開いた。お客様の予約内容を確認し厨房《ちゅうぼう》に伝えるのは女将《おかみ》の仕事だ。

好き嫌いやアレルギーなどを事前に伝えておかねば大変なことになる。

ぼんやりしていた文乃はその作業をすっかり忘れていた。

「すぐに調べますね」

「お嬢さん、大丈夫ですか？」

「えっ？」

「こんなこと珍しいから」

文乃は予約内容をプリントアウトしながら涼太を見た。

どことなくいつもと様子が違う。

「少しぼんやりしていたみたい」

文乃は席を立つと、プリンターから印刷された紙を取り涼太に差し出した。

「はい、お願いします」

しかし涼太は紙を受け取ろうとしない。

「涼太くん？」

「やっぱり無理してるんじゃないですか？『さくらや』のためにあんな男と結婚して、苦労してるんじゃないですか？」

涼太が切羽詰まった表情になる。

「どうして、そんなことを？」

「村瀬さんから聞きました。風間常務には愛人がいて、新婚なのにお嬢さんのことなんかほったらかしだって。お嬢さんと結婚したのは、『さくらや』の名前がほしかっただけだって」

「違うの、それは……」

涼太が文乃の手首を握る。

「痛っ……」

文乃の手からはらりと紙が落ちた。

「涼太く……」

手首を引かれ文乃はふらつくが涼太に支えられる。そして抱き締められた。

「俺、ずっと前からお嬢さんが好きでした」

思いがけない告白を涼太の胸の中で聞くことになった。

(涼太くんが私を好き?)

文乃も涼太を頼りにしている。しかし、そこに恋愛感情は含まれない。

離れようとして顔をあげると、涼太と目が合った。文乃を見つめる涼太の眼差しは、ベッドにいる時の千秋の目と同じように熱を帯びていた。

(……そんな)

姉のように母親のように接してきたつもりだったのに、どこでどう間違ってこんなことになったのだろう。

呆然とするうちにさらに強く抱き竦《すく》められる。

「や、やめて……」

身を捩《よじ》るが、涼太は決して力を緩めなかった。弟のように思ってきた涼太は大人の男だった。

やっとそのことに気づいた文乃は怯えてしまう。

（助けて……助けて、千秋さん）

しかし文乃は助けを呼ぶのを躊躇《ためら》った。ここで叫んだら涼太はどうなってしまうだろう。

「お嬢さん、あんな男とは別れて下さい。俺と一緒に『さくらや』を……」

そこでスマホのシャッター音が耳に届いた。

文乃と涼太は同時に事務所のドアを振り返る。

少しだけ開いたドアの隙間から人影が見えた。

「おい、誰だ⁉」

涼太がドアに向かって大声をあげた。

気を取られている涼太から逃れ、文乃は事務所を飛び出した。

「お嬢さん！」

文乃は着物の前を押さえながら必死で廊下を走った。

（助けて、千秋さん……！）

涙が零れそうになるのをなんとか抑えていた。


マンションまでの道のりを文乃はとぼとぼと歩いている。体調が悪いことにして仕事は早めに上がらせてもらった。

（こんなことになるなんて）

弟のように思っていた涼太との関係は一瞬で崩れてしまった。

さらに、従業員の誰かに涼太と抱き合うところを見られてしまったようだ。

（どうして……？）

思考を巡らせたところで、責任感の強い文乃の答えは一つだった。

「私が情けないから」

中途半端な気持ちで女将業《おかみ》は務まらない。千秋との生活に夢中になっていつの間にか仕事を疎《おろそ》かにしていたのかもしれない。

「あっ……！」

マンションのエントランスで文乃は立ち止まる。

自動ドアのガラスに映った自分の姿に肩を落とした。

「着替えるの、忘れてた」

気が動転していた文乃は着物姿で自宅に戻ってきてしまった。

「とりあえず頭を冷やそう」

明日は久しぶりに終日休暇を取っている。

「……ふぅ」

（落ち着いて今後のことを考えよう）

マンションの部屋に戻ると、そのままリビングのソファに腰掛けた。

（涼太くんなのに……やっぱり、怖かった）

文乃は自分の身体を抱きしめて身震いする。

涼太の感触は、千秋に触れられるのとはまったく違っていた。信頼していたはずの涼太に、今は嫌悪感と恐怖しか持てない。

「……あっ」

それまで堪《こら》えていた涙が、ふいに頬を伝った。文乃は涙をそっと指で拭《ぬぐ》った。

（千秋さんに会いたい）

今すぐ千秋に抱き締められたいと、文乃は心から思った。そうされることでしか、気持ちは鎮まりそうにない。そして、千秋の温かな胸を思い出すだけで、文乃の身体は潤っていく。

（今夜も抱いてくれるかな……）

こんな状況で不謹慎かもしれない。それでも、文乃の心を上書きできるのは千秋しかいない。

「……だけど」

事の顛末《てんまつ》を千秋に話せば心配させることになる。千秋は、涼太にも厳しい処分を下すに違いない。

（それだけじゃない）

あの現場を写真に収めた従業員もいる。目的は分からない。だが、あの写真が流出すれば大騒ぎになるだろう。

「どうしよう……でも、しっかりしなきゃ」

文乃は女将《おかみ》として、できるだけ穏便に処理する方法を考えた。しかし、一向に良い考えは浮かばない。

そうして気付くと、真っ暗なリビングに一人佇《たたず》んでいた。つまり、ぼんやりしたまま夜を迎えてしまった。

「……えっ、嘘！」

時計は午後八時を指し示していた。

食事の準備もしていない。慌てて寝室へ向かうと、着付けを解《ほど》き髪も下ろした。

しかし気持ちが沈んでいるせいか動きは緩慢だ。

そこでインターフォンが鳴る。モニターに映るのは千秋だ。

『部屋の鍵を忘れた。開けてほしい』

不機嫌そうな表情と声に文乃はどきりとする。

「はい、すぐに」

エントランスのロックをここで解除すればフロントに辿り着ける。

エレベーターは居住階にしか止まらないためカードキーによる操作がいるが、そこはコンシェルジュがやってくれるだろう。当然住人なら顔パスだ。

とりあえず脱いだ着物をハンガーに掛けた。それからカードキーを探す。

長襦袢《ながじゅばん》で出迎えなんて、はしたないかもしれない。しかし待たせることでさらに機嫌を損ねたくない。

チャイムを聴き、文乃はすぐさまドアを開け千秋を迎え入れる。

「おかえりなさい。カードキーはリビングにありました」

玄関先で鍵を渡すと千秋は黙ってそれを受け取った。

（……様子が違う？）

いつもなら「ただいま」の一言くらいはある。

千秋は文乃の全身を無言で眺めている。

「すみません。着替え中で……」

文乃は緩んだ襟元を押さえた。

千秋は小さく溜息を漏らす。

「話があるからリビングへ」

千秋は早足で廊下を進んでいく。

「着替えてきます」

その背中に声をかけ文乃は部屋へ戻ろうとした。

「文乃」

しかし千秋に二の腕を掴まれてしまう。

「すぐ済むからそのままで」

千秋の厳しい顔つきに文乃は身体を強張らせた。

（一体何があったのだろう……悪い予感しかしない）

仕方なく千秋の後について文乃はリビングに入った。

千秋がソファに腰を下ろす。

文乃も長襦袢《ながじゅばん》の裾《すそ》を整えながら向かい合って座る。

「匿名の相手から会社にメールが届いた。システムの人間にすぐに始末させたが、すでに外部に出回ってしまったかもしれない」

テーブルに千秋のスマホが置かれた。

「どうして……」

ディスプレイの画像に動悸が激しくなっていく。

文乃は息を呑んだ。千秋のスマホに収められているのは、間違いなく涼太に抱き締められている文乃の写真だ。

たった数時間前の出来事がなぜ千秋の手元にあるのだろう。

「風間の後継者の妻が不倫をしているという内容のメールだった」

文乃は震えながら首を横に振った。

「嘘、そんなの嘘です。だって私は毎晩……」

(千秋さんに抱かれていたのに……)

千秋とだからそうしていたのだ。他の誰かに身体を明け渡したりなどしない。

驚きと混乱で涙が溢《あふ》れそうになり慌てて手の甲で拭《ぬぐ》った。

泣いている場合ではない。千秋の立場を考えればそれどころではなかった。

「分かってる。これは第三者による、誹謗中傷《ひぼうちゅうしょう》、悪戯《いたずら》、もしくは策略」

「そんな……、誰が……」

「『さくらや』の人間だ。心当たりは?」

(『さくらや』の従業員が疑われている)

膝の上に置いた手が震えだす。

(あの時間、店にいた人間は限られている)

当然、文乃の中でも犯人は絞られていた。

「文乃?」

千秋は返事を待っている。

しかし、激しく動揺した文乃は考えを整理できなくなる。

「お茶、淹《い》れてきます」

心を落ち着けるために席を立った。

「すぐ社に戻るから、何もいらない」

唐突に、背後から千秋に抱き締められる。文乃は身動きできなくなった。しかし、じわじわと気持ちが和《やわ》らぐ。

「千秋さん……」

文乃は回された腕に手を添えた。

(私のせいでごめんなさい……)

不必要に千秋の仕事を増やしてしまい、文乃は悲しくなってしまった。

「あいつ、誰? 写真の相手」

ボソリと千秋が耳元で言う。

（涼太くんのことだ……）

文乃はできる限り落ち着いて答えた。

「『さくらや』の板前です。彼は誤解しているんです。私が『さくらや』のために、仕方なく結婚したんだと。それであんなこと……」

「誤解？　本当に？」

千秋はまるで文乃の心を探《さぐ》っているようだった。

そして文乃も、はっきりと知りたかった。この気持ちの正体を。

「……そうですね。最初は『さくらや』のため、だったかもしれません」

（恋がなんなのか知らなかったから……愛は自然と生まれるものだと思っていたから……）

見合いの席で千秋と会うまで、迷っていたのも本当だ。だけど相手が、以前自分を助けてくれた人だと知って心はすぐに決まった。

（私は、間違っていなかった）

文乃の仕事を理解し応援してくれる千秋は心強い存在だ。

優しく愛情深い夫を誰よりも必要としているのは文乃自身だ。

「それでも今は、お見合い相手が千秋さんで良かったと思っています。他の誰かなんて考えられない。昔から知ってる涼太くんでも……」

「やっぱり妬《や》けるな」

「え……？」

「俺以外の誰にも、触らせるな」

甘く厳しい声が耳に流れ込む。

まとめられた髪の下、露《あら》わになったうなじに唐突に唇が押し付けられ、文乃は身を竦《すく》めた。

同時に長襦袢《ながじゅばん》の合わせた襟の間から、手のひらが潜り込んできた。

「あぁ、んっ……」

千秋は性急にふくらみに触れる。

胸を揉《も》みしだかれ先端を弄《いじ》られ、耳朶が口に含まれた。

いつもより少しだけ乱暴な動きに文乃は戸惑う。

さらに裾《すそ》を割って股の間へ、もう片方の手が差し込まれた。

「やっ……」

慌ただしく二本の指で下着の上から秘部をなぞられる。文乃は抵抗するように膝を閉じた。

(どうして、いきなり?)

長襦袢《ながじゅばん》の裾《すそ》が強引にたくし上げられる。下半身が丸見えとなり文乃は途端に弱気になった。

後ろから脚の間に割り込ませた千秋の膝が秘部を押し上げてくる。ぐりぐりと刺激され力が抜けた。

「……は、ぁんっ……」

(千秋さん、一体どうして?)

こんなの千秋らしくないと思うものの、すでに身体は反応してしまっている。蜜口はじっとり濡れていた。

（いつもはもっと優しくしてくれるのに……）

このまま繋がってしまったら、動物が交わるみたいに本能だけの行為になる気がする。なのに身体は、いつも以上に悦《よろこ》んでいるようで恥ずかしい。

「……っ、ぁあっ……ん！」

千秋の指が蜜を絡めながら入ってきた。執拗《しつよう》にかき回され、肉壁はひくつきはじめる。

「指に絡み付いてくる」

「い、いやっ……」

（そんな恥ずかしいことを言わないで）

逃れようとする腰を千秋に掴まれる。

「文乃に挿《い》れたい」

切ない声で言われ胸が苦しくなる。文乃もそうしてほしかったからだ。秘部は甘い蜜を垂らし千秋を求めている。

（私には千秋さんだけ）

例えばもし涼太とのことを少しでも疑っているのなら、確かめてほしいと思った。

（裸になって全てを見せたい）

身体に残された跡は、千秋が付けたものだと証明したい。

「文乃としたい」

千秋に顔を覗き込まれると、文音は消え入りそうな声で「はい」と答えた。

千秋は文乃のショーツを引き下げ、脚から抜いた。

さらに腰を後ろに引かれ、文乃は慌ててダイニングテーブルの上に両手を突く。

背後からベルトを外す音が聞こえた。

千秋の昂《たかぶ》りがお尻の割れ目に触れたのを感じ、文乃は甘い吐息を漏らした。

「っぁ、んっ……」

強引に腰を持ち上げられる。後ろから千秋が入ってきた。密口を押し広げられる感覚がしたかと思うと、あっという間にずぶりと一気に奥まで貫かれる。

「ふ、ぁ、ぁあ、っ……！」

充分に湿った文乃の中は、待ち構えていたかのように千秋を受け入れてしまう。

（……千秋さん……嬉しい）

千秋の荒々しい欲望に多少の不安はあったが、繋がってしまえば愛されていると実感できた。すでに媚壁は千秋を締め付けている。

すっかり身体は慣れたようだ。硬い熱に蜜壁を抉《えぐ》られ愛液が滴《したた》る。痛みはなく、ただめくるめく快感が押し寄せた。

千秋は腰を文乃に打ち付けながら、一方で蕾を探《さぐ》り出し愛撫する。

「やっ！　だ、だめっ……そこ……あっ……」

（そんなふうにしないで……おかしくなりそう）

敏感なそこに触れられたらどうなるか、文乃はもう分かっていた。毎夜交わっているせいだ。そして嫌だと言えば、さらに弱いところへ刺激が加わるのも知っていた。

「……文乃、可愛いよ。俺だけの文乃」

「……あっ……だめっ……やぁ……！」

蕾を摘《つま》まれ、激しく腰を叩きつけられる。雄槍を出し挿《い》れされるたび、愛液が恥ずかしい音を立てた。体内に溜まった熱が苦しい。今にも達してしまいそうだ。

(千秋さん……私、もう……)

「あ、ぁん……ッ、はぁ……」

千秋は容赦なく何度も文乃を突き上げる。一段と力を増し大きく膨れ上がる千秋を感じながら、文乃も蜜壁を蠕動《ぜんどう》させた。

(苦しい……だけど……気持ち、い……い)

弱いところを何度も抉《えぐ》られ限界がやってくる。

「も……、もう、だめぇ……」

昇りつめるものをどうにか堪えようとしたが無理だった。絶頂はとうとう訪れてしまう。

「ひゃ、ぁ……、ぁああ、んっ！」

頭が真っ白になり、何も考えられなくなる。それでもきゅうきゅうと、媚肉は千秋の漲《みなぎ》りを締め付けた。

「文乃……っ、く……」

千秋が小さく身震いした。

「……はぁ……ち、千秋……さ……」

熱い飛沫を胎内で受け止め、文乃の心は満たされる。

文乃の髪に耳に首に、優しいキスが落とされた。荒い息遣いを耳にして、千秋も満足してくれたと感じ、幸せな気持ちになる。

(このままずっとこうしていたい……)

甘い思いに浸りながら、千秋を身体の中にまだ収めていたいと文乃は願った。

「こんなところですまない……シャワーを浴びたら、すぐに社に戻る」

文乃の呼吸が落ち着いたところで、熱が引き抜かれた。心まで空洞になったようで、文乃は寂しい気持ちになる。

「千秋さん……」

行かないでという言葉は呑み込んだ。

(忙しい千秋さんを困らせたくない……)

太腿《ふともも》に混ざりあった淫水が伝っている。

「文乃はゆっくり休んで」

「……んっ、ふっ……」

汚れたところは、千秋によって丁寧に拭き取られた。

「……それから、今夜は戻らない。戸締まりはしっかりするように」

「は……、はい。千秋さんも無理しないで」

千秋は弾むような音を立て、文乃の唇にキスをする。

「それじゃ……」

千秋はそう言いつつも、なかなか文乃から手を離さなかった。

「あ、あの……千秋さん？」

「離れがたいな……本当はもっとじっくり文乃を抱きたい。文乃だって、この程度じゃ足りないだろう？」

「そ、そんな……」

「俺は足りないよ」

千秋は文乃を正面から力強く抱き締めた。

「文乃を守りたいんだ。だからこそ、行かなきゃならない。あとのことは任せてほしい。俺を信じて待っていてくれ」

「……は、はい。信じてます……」

文乃の長い髪を撫でつつ、千秋が耳元に顔を寄せた。

「……一緒にシャワー浴びる？」

「えっ！」

「冗談だよ。急がないと」

千秋は笑いながら、頬に口付ける。不思議なほど文乃の心は和《やわ》らいでいた。

「もう。からかわないで下さい」

名残惜しいと思いつつも、文乃はそっと千秋から手を離す。

（千秋さんが……好き……）

だからこそ、我儘《わがまま》を言って困らせたくない。

涼太の態度や従業員の不穏な動き、それらへの不安は拭《ぬぐ》いきれないけれど、文乃は千秋を信じて任せようと思う。

「いってらっしゃい」

支度を終えた千秋を見送ったあと、文乃もシャワーを浴びてパジャマに着替えた。

一人では広すぎるベッドに仰向けになり溜息を吐く。

（千秋さんのいない夜は久しぶり）

一時間前に抱かれたばかりだというのに不埒《ふらち》な思いに囚われる。

「もう会いたい」

文乃は抱き枕に腕を巻きつけ寂しさを紛らわせた。

（信じて待つべきだ……）

するとサイドテーブルの上でスマホが鳴る。仲居の村瀬からの着信だった。

時刻は二十二時過ぎ、遅番のスタッフが上がった頃だ。

（何かあったのかな？）

胸騒ぎを覚えながら文乃は通話ボタンを押した。

「もしもし？」

『女将《おかみ》さん？　村瀬です。ちょっといいですか』

「どうかしました？」

『どうかって……、呑気ですね』

村瀬が通話口でくすりと笑った。

『私、『さくらや』を辞めさせていただきます。未だに納得のいく給料を提示いただけませんし、いい加減、堪忍袋の緒が切れました』

「ま、待って下さい。もう少しだけ、待って」

『さくらや』を立て直そうとしている今、ベテランの村瀬に辞められては大変だ。

文乃は起き上がり姿勢を正した。

『他にも気になることがあるんです。『さくらや』に風間のスパイがいるみたいで。なんだか物騒で落ち着かないわ』

「スパイ？　誰のことですか？」

『電話じゃちょっと……、職場でもねえ？　ああ、女将《おかみ》さん、明日お休みでしたっけ？』

「は、はい。良かったら外で会えませんか？　話を聞かせて下さい」

『女将《おかみ》さんがそこまで言うなら、構いませんけど』

文乃は村瀬と会う約束を取り付け、通話を切った。

（『さくらや』に風間のスパイが……？）

盗撮も風間の人間の仕業だろうかと、文乃は不安になる。

授業員の顔を一人一人思い浮かべても見当がつかない。一緒に働いてきた仲間を、スパイだなんて疑いたくなかった。

(でも、もし、風間のスパイが本当だとしたら……千秋さんも知っているのかしら?)

スマホで千秋の連絡先を開くが、通話ボタンは押せなかった。

「千秋さんの会社の人達を疑うようなこと言えない……」

スマホを握り締めながら文乃は思い悩んだ。

§

文乃が村瀬と待ち合わせたコーヒーチェーン店に着いたのは、約束の時間より十分ほど前だった。

店内を見回すがまだ村瀬の姿はない。文乃は通りに面した窓際の席に座った。

「私だって分かるかな」

最近はファッションも研究している。少しでも千秋によく思われたいからだ。

髪は一つに束ね、ほどよくゆるふわに崩した。ライトグリーンのブラウスに白のスカートのコーデは、いつもの女将《おかみ》姿や普段着のTシャツにジーンズとはずいぶん違っている。

(休日だからって、はりきりすぎたかな?)

自分だと分からなければ連絡が来るだろう。文乃は念の為スマホをテーブルに置いた。

すると、側で人の気配がする。

「お、お嬢さん、ですよね？」

見上げると、ほんのり顔を赤くした涼太がテーブルの脇に立っていた。

「涼太くん……、どうして？」

文乃と同じように涼太も見慣れた板前姿ではない。

パーカーに細身のパンツを合わせたラフなスタイルは、ごく普通の若者だった。

「え、えっと、座っていいっすか？」

涼太はたどたどしい笑みを浮かべる。

「あ、はい」

文乃は少しだけ身体を硬くした。

（……どうしよう）

あんなことがあった後で、どんな顔をすればいいのか分からない。

気持ちの整理を付ける前に、涼太と対面することになるとは思わなかった。

「お嬢さん、いつもと違ってて緊張します。料亭ではすごく大人っぽいのに、今日はなんていうか可愛らしくて……って、俺何言ってんだ」

涼太は照れくさそうに頭を掻《か》いた。

「涼太くん、今日はどうしてここに？」

「えっ？　村瀬さんから、お嬢さんが俺に話があるって聞かされて」

「村瀬さんが？」

文乃は涼太の話を聞いて混乱した。

（待ち合わせの相手は村瀬さんなのに……）

どうして涼太と話をすることになっているのか、理由が分からない。

「もう口きいてもらえないかと思ってたんで、嬉しいです。村瀬さんにも焦りすぎだって叱られて。お嬢さんは奥手だからって」

村瀬の言葉をどう受け取ったのか、涼太は無邪気な笑顔になる。

（何か誤解している気がする……）

文乃は涼太の言葉に違和感を抱いた。

「あの、村瀬さん、私のこと何か言ってた？」

「あ……、はい。分かってます。お嬢さんの気持ちは伺っています。俺、いつまでも待ちます。今までだってずっと待ってたし、全然平気っす」

「待つ、って、どういう意味？」

「風間常務と別れるんですよね？　俺の気持ち、届いたんですよね？」

ゴトン、と音がする。

「きゃっ……！」

興奮する涼太の手が当たり、グラスが倒れたのだ。グラスは割れずに済んだものの、テーブルは水浸しになってしまった。端からポタポタと雫が床に落ちはじめる。

「うわっ、すみません！」

「大丈夫だから」

慌てた文乃は紙ナプキンで拭き取ろうとする。

（千秋さんと別れるなんてありえない……）

涼太を巻き込み、文乃を翻弄しようとする、村瀬の目的も分からない。

「お、俺がやります」

そこで、涼太があたふたしながら、文乃の手を握ってくる。

「え、あっ……す、すみま」

「涼太くん、手を……」

手を離して、文乃がそう言おうとした時だった。

「その手を離せ」

文乃の頭上から凄みのある声が降ってきた。

「千秋さん！」

そこには仕事用のスーツを着込み、仁王立ちする千秋の姿があった。

驚いた涼太は、椅子から落ちそうになりさらに焦っている。

「……まったく」

千秋は呆れたようにそう言うと文乃の隣に座った。

「注文は？」

文乃は無言で首を横に振る。

(千秋さん……いつからここに?)

千秋はいつも通り落ち着いていた。店員にコーヒーをオーダーする余裕もある。

「千秋さんまでどうして?」

事態が呑み込めず戸惑う文乃の手を、今度は千秋が握ってくる。

「またメールが届いた。今日ここで、俺の妻が浮気相手と待ち合わせしているってね」

氷のように冷たい千秋の声に、文乃はドキリとした。

「だ、誰がそんなメール……」

そう呟きながら、文乃の脳裏には疑わしい人物がすでに浮かんでいた。この場所に涼太をよこした村瀬だ。

(どうして? 村瀬さん……)

悔しさと悲しみが交錯し、文乃は奥歯を噛み締め身体を震わせる。

「震えてる」

文乃の手を千秋がさらに強く握る。

「千秋さん、誤解です。私、浮気なんて……」

文乃は隣に座る千秋に向かって言った。

「分かってるよ。毎晩あれだけ抱いていれば、そんなことくらい分かる」

声を抑えることなく千秋が言う。

「ち、千秋さん！」

向かいの席で涼太が頭を抱える。

（涼太くんに聞かれた……！）

文乃は真っ赤になって俯く。

「わざとあいつに聞かせたんだよ」

千秋は平気な顔でそう言った。

「……くそっ」

涼太はテーブルに拳を叩きつけた。

文乃は千秋の子供っぽい一面に呆れつつも、ヤキモチを焼かれることが嬉しかった。文乃だって千秋には、他の誰かに容易《たやす》く心を開かないでほしいと思う。本音では、妻としてゆるやかに束縛したい。

（私だけの千秋さんでいてほしいから……）

だからこそ千秋の前で、涼太に本心を伝えたかった。

（私の心の中には、千秋さんしかいない）

『さくらや』の仲間である涼太なら、分かってくれるはずだ。

「涼太くん、聞いて。私、幸せです。千秋さんと結婚できて幸せなんです」

「お嬢さん……」

文乃の真剣な声に、涼太は複雑な表情になる。

「涼太くんも、お店の皆も誤解しているのかもしれない。私が、『さくらや』のためだけに結婚したと思っているのかもしれない。でもそれは違います。私は、相手が千秋さんだったから、『さくらや』のためにもなる結婚をしたんです」

「……えっ？　それとこれとどう違うんですか？」

涼太は腑《ふ》に落ちないようだった。

そんな涼太を見て文乃は笑顔になる。

「実は千秋さんのこと、以前から気になっていました。風間ホールディングスの常務だと知る前から。常連さんだった千秋さんに、酔っぱらいのお客様から助けていただいたことがあるんです。その時に、とても頼りがいがあって素敵な方だなって」

「……覚えていたのか」

千秋は目を見張った。

文乃はやっと本心を伝えられたと安堵する。

その一方で何かが足りないような気がした。

（……あ、そうだ）

まだ伝えていないことがあったと思い出す。文乃は千秋の瞳をじっと見つめた。

「千秋さんを愛しています」

文乃は涼太だけでなく、他の誰に聞かれても構わないと思った。言葉にするとさらに実感する。

（恥ずかしいけれど……幸せ）

文乃は満面の笑みを浮かべた。

「聞いただろ？　俺達をもう邪魔するな」

得意げに、千秋が涼太に向かって言った。

「ええ、良く分かりました」

涼太はそう言っておもむろに席を立つ。

「お嬢さん、お幸せに」

涼太の表情は悔しそうで、それでいてすっきりとしていた。

（伝わったみたい……）

千秋への愛を理解してもらえて良かったとホッとする。

「涼太くん、ありがとう」

弟のような涼太からもらう祝福の言葉は、素直に嬉しかった。

「……ひとつ、片付いたな」

千秋がぼそりと言う。

涼太が店を出て行った後も、テーブルの下の手は繋いだままだ。文乃も振りほどく気はなかった。

むしろ、ずっとそうしていたい。

「千秋さん、私を離さないで……」

気恥ずかしくてくすぐったくなるが、それは文乃の本心だった。

「俺は、文乃が思うような男じゃないよ。たいした人間じゃない」

もう一方の手で千秋はコーヒーカップを取った。

「千秋さんは特別な人です。私の大事な人」

「女将《おかみ》なんかやめろ、そう言おうかどうかずっと迷っていた。短気で嫉妬深いんだ」

軽い口調で言う千秋に、文乃は「ふふっ」と笑う。

「だけどそんなことを言ったら、文乃は俺のことより『さくらや』を選ぶだろう？」

またしても、子供のように不貞腐《ふてくさ》れて千秋は言った。

「そんなことありません」

文乃は、テーブルの下で繋いだ手に力を込めた。

「千秋さんも、仕事も、私は諦めません。欲張りなんです」

「そうだった……。文乃のそういうところが……」

「なんですか？」

「……好きだよ」

千秋は文乃に顔を寄せると、甘く囁いた。

「私も千秋さんが……好き、です」

文乃の笑顔は愛に満たされて輝いていた。

§

料亭『さくらや』の石畳を、神妙な面持ちで文乃と千秋は進んでいく。涼太と別れたあと二人で話し合い、村瀬に真相を訊《たず》ねることに決めた。

「文乃さん！」

「由衣ちゃん、どうしたの？」

二人のもとへ、ひどく慌てた様子で由衣が走り寄る。

「た、大変です。あっ……！」

文乃の隣の千秋を見て、由衣は突然猫をかぶった。

「いらっしゃいませぇ」

おしとやかに頭を下げるが、語尾が伸び切っていてしまりがない。

「お邪魔します」

しかし千秋は、にこやかに挨拶を返した。悪質な迷惑メールの真相を調べるために乗り込んできたと、気づかれないようにするためだ。

「あ、あの、更衣室が大変なことになっていて」

「更衣室？」

「はい。ちょっとまずいことに……」

互いの意志を確認するように、文乃と千秋は目配せした。それから由衣の後について、更衣室へ向かう。

「女性更衣室ですので、風間常務はとりあえずここで」

由衣はわざとらしくそう言うと、文乃だけを更衣室の中に入れてドアを閉めた。

文乃は由衣の言動が気にかかる。

「由衣ちゃん？　どうし……、なっ！」

それ以上に、目の前の光景に驚いてしまい、思わず口元を覆った。

更衣室のロッカーにはベタベタと写真が貼り付けられている。

しかもその写真は、昨日盗撮された文乃が涼太に抱き締められているものだった。

「だ、誰が、こんなこと！」

「今、涼太は板長に呼び出されています」

「父に……」

「文乃さんは悪くないですよ。こらえ性のない涼太が悪い」

厳しい表情で、由衣はロッカーの写真を剥《は》がしながら言った。

「気にしないで下さい。私達仲居は全員、涼太が文乃さんに熱を上げていたのは知ってましたから」

「ええっ？」

「多分、気づいていないのは文乃さんだけ」

きょとんとする文乃を見て、由衣はふふふと笑う。

「涼太の片思いだって、皆知っています。ただ、こんな嫌がらせするような仲間がいたなんて、ちょっとショックです」

写真をくしゃくしゃと丸めながら、由衣は悔しそうに唇を噛む。

「……ごめんね」

文乃は情けなくなってしまった。

(私だけが知らなかったなんて)

従業員達のことを一番に考えていたつもりだった文乃こそ、皆に守られていたのだ。

「私達、文乃さんの味方です」

「ありがとう」

ここで泣き寝入りするわけにはいかないと文乃は思う。女将《おかみ》の仕事は『さくらや』を盛り上げることだ。

(みんなと一緒に、これからも働きたい)

文乃は正直に事情を伝え、皆の協力を得ようと心に決めた。

「あのね、由衣ちゃん……」

するとバッグの中でスマホが震えた。

取り出すと、ディスプレイには〝風間千秋〟と表示されている。

「千秋さん?」

ドアの向こうにいるのに、わざわざ電話をするのはどうしてだろう。ノックしてくれればいいのに。

千秋からの着信を文乃は不審に思った。

「出たほうがいいですよ？」

由衣に促《うなが》され、通話ボタンを押す。

「もしもし？」

しかし応答はなく、通話口からは布の擦れる音がするだけだ。

耳を澄ませていると、遠くで女性が話す声が聞こえる。

「もしもし？」

もう一度呼びかけるが、やはり千秋の返事はない。

「どうしたんですか？」

由衣が不思議そうな顔をして、スマホに耳を近づけてきた。

「この声、もしかして……」

由衣に言われハッとする。文乃はスマホをハンズフリーにして音量を上げた。

『風間常務は雌狐《めぎつね》に大変な目に遭わされましたね』

文乃と由衣は目を見交わした。

『女将《おかみ》と涼太はずっと以前からデキてたんですよ。四代目はそれを知っていながら、お金と引き換えに娘を売るようなことをするんですからね。老舗《しにせ》なんて名前ばかりで中身はこんなもんですよ』

高らかな笑い声がした。

『評判が下がる前に『さくらや』を手放すのが得策だと思いますけどね』

由衣が文乃の耳元で「これ、村瀬さんですよね？」と呟いた。無言で文乃は頷く。

『顧客名簿だって経営者交代後も四代目が横流しして……証拠ですか？　もちろんありますよ。でも証拠が明るみに出たりしたら、会社の評判はどうなるでしょうねえ？』

（顧客名簿を横流し？）

驚きと怒りで僅かに震えながら、文乃は疑問を覚えた。

村瀬にどんな意図があるにせよ、千秋が、村瀬の言葉を信じることはないだろう。しかし、どこからそんな話が出てきたのか分からない。

（顧客名簿……もしかして……）

各界の重鎮が多く利用する『さくらや』では、大事な話し合いが行われることがある。

そのため客の氏名や人数などは決して外に漏れないよう慎重に取り扱われる。

だからこそそれらを、金銭に換えようと考える者が出てくるのだ。

『風間常務、取引いたしましょう。身内の不正を表沙汰にされたくなければね』

もしかすると村瀬は、『さくらや』の常連客の個人情報を他の客へ流して対価を得ているのかもしれない。

「由衣ちゃん、父に伝えてきて。私は、村瀬さんを探します」

文乃が言うと由衣は頷いた。

「多分、萩の間です。今日は村瀬さんが担当することになっています」

真剣な表情で由衣は教えてくれた。

文乃は呼吸を整えてから、襖《ふすま》を開けた。

座敷個室『萩の間』には千秋と村瀬が向かい合って座っていた。

（……村瀬さん、どうして？）

文乃は苦しい気持ちに耐えていた。

確かに村瀬の言動にモヤモヤしたり腹が立ったりすることもあったが、これまで頼りにしてきたベテラン仲居の村瀬を、糾弾《きゅうだん》するのは辛い。

「村瀬さん、これは一体どういうことですか？」

それでも覚悟を持って厳しい態度を見せる。

昼と夜の営業の合間、他の部屋に客はいない。

「あ、女将《おかみ》さん。勝手にお部屋使ってすみません。風間常務を暗い廊下でお待たせするわけにもいきませんから」

村瀬は堂々とこちらを見上げる。このまましらばっくれるつもりかもしれない。文乃は村瀬を見据える。

（有耶無耶《うやむや》にはさせない……！）

相変わらず村瀬は余裕の笑みを浮かべていた。よく見ると、着付けの雰囲気がいつもと違う。いつもぴしっとした前合わせがゆるめだ。

（襟も大胆に抜いている……）

着物の着付けに「衿《えり》を抜く」というものがある。襟の後ろの部分を引っ張り、うなじを綺麗に見せるものだ。抜き具合は非常に難しい。やりすぎれば〝花魁《おいらん》〟のようになり不自然だ。

「風間常務は素敵な方ですね。楽しい時間でした」

村瀬は意味ありげに千秋に微笑みかけながら、色っぽくおくれ毛をなであげた。

（いやらしい……）

艶っぽいうなじを強調し科《しな》を作る村瀬に、文乃は嫌悪感を抱く。まるで千秋を誘惑するかのような仕草だったからだ。

「女将《おかみ》さんも、風間常務と会話されるの楽しいでしょう？　ああ、女将《おかみ》さんはお嬢さんで世間を知りませんものねぇ。そうそう、会話よりスキンシップがお好きでしたっけ？　仲居にはそっけないけど、男の板前とはいつも二人きりで仲良くされてますし……」

「なっ……！」

意地悪な表情を浮かべる村瀬に、文乃は怒りを覚える。咄嗟《とっさ》に言い返そうとしたものの、言葉が出なかった。

「店では板前を夢中にさせて、家では常務に可愛がられて、女将《おかみ》はお幸せですねえ？」

そう言って文乃を睨みつけてくる村瀬の視線に、背筋がゾクリとする。

（……怖い）

村瀬の表情に、黒々とした嫉妬や恨みや執念が見え、文乃は思わず身構えた。

「そうですか。それは良かった。妻の幸せが、私の何よりの願いなので」

それでも終始、千秋はにこやかだ。二人の間の空気に気付いていないはずはない。

（千秋さん……私、信じてます）

文乃は千秋には何か考えがあるのだろうと察する。

「風間常務はお人好しですね。女将《おかみ》のことを何もご存じないようで。まぁ、常務にとってもお飾りのお嫁さんでしょうし、多少のふしだらには目を瞑るのかしら」

村瀬が不気味に口の端をあげる。

「ふしだらなことなんて……！」

文乃は思わず興奮するが、千秋は平然としている。

「これから村瀬さんに、顧客情報漏洩の証拠を提示してもらうことになっているんだ」

「風間常務、おかしなこと言わないで下さいよ」

村瀬はちらっと文乃を見て、困惑したような表情になる。

「妻の文乃も関係者ですから。どうぞ、話を続けて下さい」

とうぜん村瀬よりも千秋のほうが役者は上である。文乃は千秋と目が合うと、小さく頷いた。

「えっ、そ、それは……ここでは……」

ごまかすように村瀬は首を撫でる。

「村瀬さん、何もかも知っています。ちゃんと説明して下さい」

文乃は懸命に訴えた。

「……さぁ、なんのことかしら」

正直に話して謝罪してくれたなら、温情をかけたかもしれない。

しかしそれは、村瀬にとっても、『さくらや』にとっても、良い判断だとは言えない。

罪は罪なのだと文乃は覚悟する。

「村瀬さん、個人情報を漏洩することは犯罪です。村瀬さんはご自身の罪を、父になすりつけようとしてませんか？　千秋さんとのやりとりは、聞かせてもらいました」

文乃は村瀬を激しく睨みつけた。

「女将《おかみ》さん、何を仰《おっしゃ》ってるんですか？　ご自分は不倫しているくせに、従業員に濡れ衣を着せるなんて面の皮が厚いったら」

「村瀬さん、なんてこと……」

村瀬はいよいよ本性をあらわしたようだ。

「風間常務だってとっくにお気づきなんじゃないですか。女将《おかみ》が料亭の仕事の合間に浮気しているって。相手は板前の涼太って若い男ですよ。毎日のように座敷に呼び出して相手をさせているの、仲居達は皆知っています。だから常務との夜も、女将《おかみ》はお上手でしょう？」

ぺらぺらとありもしないことを並べ立てられ、文乃は怒りで身体を震わせた。

「困ったな」

千秋の台詞に文乃はドキリとする。すると千秋が、村瀬には見えない角度で、文乃へ優しく微笑みかけてきた。

（大丈夫……千秋さんを信じよう）

文乃は再び背筋を正した。

「ほら、ねえ？　大変な問題ですよ、これは」

嬉しそうに村瀬が言った。

「確かに。元経営者である板長が顧客名簿をコピーしていたのならともかく、仲居がそんなことをしていたのなら、大問題です」

千秋が淡々と言うと、村瀬は眉をひそめた。

「……だから、濡れ衣ですって」

「監視カメラに映っていたんですよ。暗闇の中、コピー機を操作している人物がね。その人物は、板長のレインコートをすっぽり頭からかぶっていました。それから、監視カメラはそばにある顧客名簿も、しっかりと捉えていましたよ」

千秋はにやり、と村瀬を見る。

「やっぱり、四代目が犯人じゃないですか」

村瀬は話に合わせて相槌《あいづち》を打った。しかし表情は硬い。

「実は、監視カメラを最新の高性能カメラに交換するよう、指示しておいたんです。おかげでしっかり映っていました、パールクリップが。着物で作業する時に、袂《たもと》が邪魔にならないよう留めておくものだそうですね」

村瀬の袂《たもと》には、パールが飾られたクリップが取り付けてある。

「そ、そんな……レインコートをかぶったらカメラの位置からはクリップなんて映らないはず……」

追いつめられ墓穴を掘った村瀬の顔色が一気に変わった。クリップだけでは証拠不十分だと知ったうえで、千秋は揺さぶりをかける。交渉術の常套手段だ。

「事務所のカメラには、ですよね。廊下のカメラには、コートの奥にちらちら見えるクリップが映っていました。以前の映像とは比べ物にならないほど、鮮明にね」

「ど、どうせ、でまかせでしょう？」

千秋が何もかも見透かすように話すので、村瀬は徐々に覇気を失くす。

「個人情報漏洩が実際にあったのかどうか、これから詳しく調査する予定です。でまかせかどうかはっきりするでしょう」

具体的な調査方法を説明した千秋は、表面上和やかにしめくくった。

「結果は公示し、今後このようなことがないよう再発防止に努めます」

「公《おおやけ》になって困るのは、『さくらや』、なんじゃないですか？」

苦しまぎれの反発に、千秋の表情がすっと冷える。研ぎ澄まされた視線が村瀬に注がれた。

「我々は不正を許しません。罪を犯した人間は必ず処分します。それは、『さくらや』の名誉を守ることにつながるからだ！」

千秋の厳しい口調に、がくりと村瀬は項垂《うなだ》れる。真実が明るみに出るのは時間の問題だと理解したのだろう。

それから千秋は、文乃に向かって微笑んだ。

「文乃、せっかくの休みに働かせてしまって悪かった」

文乃は無言で首を横に振る。気を緩めたら涙が溢《あふ》れそうだ。

（信じて良かった……）

文乃は千秋の鮮やかな仕事ぶりに胸を打たれてしまった。

今の自分は千秋に支えられている。文乃はこの瞬間の喜びを胸に刻んだ。

（なんて心強いのだろう……）

「千秋さん、ありがとうございます」

「たいしたことじゃない。気にするな」

村瀬がいなければ、千秋に抱きついていたかもしれない。千秋への愛しさが溢《あふ》れ、止まらなくなった。

千秋の端整な横顔を眺めながら、熱く滾《たぎ》る胸を押さえる。

大事な『さくらや』を、そして自分を守ってくれた千秋が、文乃は眩しかった。

（千秋さんが好き……誰よりも、愛してる……）

文乃は千秋への愛と信頼を深めていく。そして、この愛のために生きていこうと、心に誓った。


しばらくして事務所にやってきた村瀬は、文乃に辞表を押し付けてきた。

「女将《おかみ》、このままで済むと思ったら大間違いですよ」

村瀬は捨て台詞を吐くと、大きな荷物を抱え『さくらや』を去っていった。

文乃にすれば村瀬がここまでした動機が分からず複雑な心境であったが、千秋のほうは「手っ取り早く片が付いて良かった」とあっさりしたものだ。後のことは顧問弁護士に任せると言っていた。

「ったく、村瀬さんにはさんざん振り回されましたね」

まだ怒りが冷めやらない由衣は、お茶を淹《い》れながらぶつくさと言う。

応接セットのテーブルに湯呑が四つ置かれた。

文乃と千秋が隣に座り、向かいには由衣と涼太がいる。そう広くない事務所では四人いるともういっぱいだ。

「涼太くん、うちの父に何か言われた？」

文乃は村瀬が盗撮した写真のことが気になっていた。

すると涼太は顔を赤くして頭を掻《か》く。

「ゴキブリのせいにしたんで、大丈夫っす」

「ゴキブリ？」

千秋も怪訝《けげん》な顔をした。

「例の写真、板長にも見られてしまって。それで、ゴキブリに驚いた俺がお嬢さんに抱きついたことにしました」

真面目な顔で言う涼太に、千秋がお茶を噴き出しそうになる。

「涼太、バカだから。それで余計に板長に叱られて。ごまかすにしろ料理屋にゴキブリなんて論外でしょ」

由衣は呆れていた。

「ば、バカはないだろ！」

涼太の顔がますます真っ赤になった。

二人の様子に文乃は微笑む。意外と良い組み合わせかもしれない。

千秋も同じような感想を抱いたようで、こっそり目くばせしてきた。

「お嬢さん、俺、三好さんで修業してきます。一人前になったら戻ってきます。その時は……」

涼太が突然、千秋に向き直る。

「俺、お嬢さんを奪い返すかもしれません。油断しないで下さい」

「あのな、お前……！」

千秋は涼太に凄んだ。

「千秋さん、だめです！」

文乃は慌てて千秋の手を掴む。二人が揉《も》めるところは見たくない。

「私の気持ちは、さっきお話しした通りです。千秋さんだけを愛してます。これからもずっと……」

文乃の台詞に、由衣が目を丸くする。

「……ああ、分かってる」

文乃と千秋は、由衣達がいるのも忘れて見つめ合った。

(ずっとずっと、千秋さんだけ……)

もう文乃には千秋しか目に入らない。

その様子に涼太が「あーあ」とまた頭を掻《か》いた。そこでやっと、文乃は我に返る。

「お嬢さんを幸せにして下さい。俺に奪われないように」

「だから、わざわざ言われなくても分かってる」

千秋は不機嫌そうにソファにもたれる。

「風間常務のイメージ、かなり変わりました」

びっくりした顔で由衣が言い、文乃がくすりと笑う。

クールな常務取締役は妻を溺愛していた。

『さくらや』と風間の跡継ぎは巡り合うべくして出会った二人だった。

「『さくらや』の皆にも報告しよう。文乃さん夫婦はラブラブ、と」

由衣はスマホを取り出し、グループトークに早速情報を流していた。

「じゃあそろそろ、俺は社に戻るよ」

千秋が席を立とうとした時だ。

事務室の扉が開き、善治郎が顔を出した。

纏《まと》った調理衣は真っ白に洗い上げられ、しっかりアイロンがかかっている。気難しそうな顔にグレーの角刈りと、いかにも板前らしい姿だった。

「文乃、お前は今すぐ家に戻れ。この結婚はなかったことにする！」

善治郎は怒鳴りつけるように言うと、無理やり文乃の腕を引っ張った。

「お義父さん、一体どういうことですか？」

千秋は驚いて立ち上がった。由衣も涼太もぽかんとしている。

「千秋くん、いや、風間さん。あなたは私に嘘を吐いていましたね。他のご兄弟とは母親が違うそうじゃないですか。あなたは愛人のお子さんだそうですね」

「お父さん！」

とんでもないことを言い出す善治郎を、文乃は信じられない気持ちで見上げる。

「言葉が悪いかもしれませんが、職人一筋、あんたと違ってこっちは学がないもんですみませんね」

文乃は父親の態度に愕然《がくぜん》とし、激しい怒りを覚える。

「お父さん、千秋さんに謝って下さい。千秋さんは千秋さんです。なんの問題があるんですか」

娘の訴えなど意に介さず、善治郎は千秋を睨みつけるようにして言った。

「なんの問題もないなら隠す必要もない。堂々と話せばいい。風間さんが故意に事実を隠したのは、保身のためだろう。『さくらや』を利用することしか考えていない証拠だ。あなたは私に、娘を幸せにすると誓ってくれましたよね？　ところが、どうだ。幸せになるどころか、今の文乃は仕事に疲れ家事に疲れ、従業員から嫌がらせまで受け、苦しんでいる」

千秋は善治郎の言葉を噛みしめるように黙り込んだ。

「すでにこの店は風間さんのもんだ。しかし文乃は返してもらう」

善治郎は文乃の手を引いて事務所を出ようとする。

「お父さ……痛っ……」

文乃は困惑しながらも、どうすべきか考えていた。

（誰がお父さんにそんな話を……まさか……）

「お父さん、誰から千秋さんのことを聞いたの？」

文乃の問いに、善治郎の眉がぴくりと動く。

「そんなことどうだっていい」

「話してくれなきゃ、帰らないから！」

「……さっき、村瀬さんが来たんだよ」

「やっぱり……」

文乃だけでなく、その場の全員が悔しげな表情になった。

「文乃、帰るぞ」

善治郎はさらに強引に文乃の腕を引く。

「文乃さん！」

千秋も慌てて文乃の手を取った。

「千秋さん、大丈夫です。家に戻って父と話をしてきます」

頑固な善治郎をこの場で説得するのは難しい。

「しかし……」

不安そうに見返す千秋に、文乃は心を込めて伝える。

「今度は私を信じて下さい。必ず、千秋さんのもとへ戻ります」

そう言って微笑んだ。

§

四方をビルやマンションに囲まれたせいで、すっかり日当たりの悪くなった一軒家。東京の下町に文乃の実家はあった。

薄暗い玄関に入ると居間から猫のハチがこちらの様子を窺っているのが見える。

「ただいま～」

家に上がった文乃が側まで行くと、ハチは「おかえり～どうしたのぉ」とでも言いたげにすり寄ってきた。

「お父さんに連れ去られちゃった」

「バカ。お前のためを思って……」

善治郎はぶつくさ言いながら、定位置であるマッサージチェアに座る。

居間には、文乃と母親が笑っている写真、賞状やトロフィー、色褪《いろあ》せた工作、たくさんの思い出がまだそのまま飾られている。雑然としているけれど心が和んだ。

「文乃どうした？」

目尻の深い皺《しわ》が優しげな祖父が新聞から顔をあげた。

「まぁ、文乃ちゃんおかえりなさい」

高齢ながら相変わらずきちんとした身なりの祖母が台所から顔を出す。

八十代の祖父母の元気そうな姿を見て文乃は安心した。

「文乃は出戻った。風間の御曹司がろくでもない男だったせいだ」

マッサージチェアの電源を入れ、善治郎は目を閉じた。

「お父さんたら……」

文乃は溜息を漏らす。

「善治郎は寂しくなったんだろうよ」

「そろそろ命日だからねぇ」

祖父母の会話に、文乃はハッとした。

(もうすぐお母さんの命日だ)

文乃は写真立ての若かりし頃の母親を見て自分と似ていると思った。

(お父さん、寂しくなったのかな……)

善治郎は目を閉じたままだった。眠ってしまったのかもしれない。

『母さんにも花嫁姿を見せたかったたな』

白無垢《しろむく》姿の文乃を見て涙を浮かべていた父親を思い出した文乃は、善治郎をこれ以上責める気にはなれなかった。

「おばあちゃん、お母さんの命日まで家にいていい？」

文乃は実家で母親の供養をしたいと思った。

「うちは構わないけど、最近は、法事でもないのに嫁がそんなに長く家を空けてもいいのかい？」

祖母の心配も分からないではない。

(千秋さんだったら分かってくれる)

文乃が、大丈夫、と返すより先に善治郎が答える。

「文乃はもう風間の人間じゃない。気にする必要はない」

善治郎は目を閉じたままだった。

祖父は「いつものことだ」と肩を竦《すく》める。

頑固な父に今何を言っても無駄だろう。

「とにかく、来週までお世話になります」

文乃は善治郎にもはっきりと届くよう声を張った。

食事と入浴を済ませ、祖母から借りたスムースの花柄パジャマを着た文乃は、二階の元自室へ向かった。猫のハチも一緒だ。

ベッドに寝転び天井の木目を見上げ、懐かしくなるのと同時にここは自分の居場所でないような気持ちになった。

ハチが文乃に寄り添いながら、「元気ないねぇ」と言った、ような気がした。

「ちょっと寂しくなっちゃった」

一日を振り返り、一人で眠りにつく。結婚するまでは当たり前だったはずだ。

(千秋さんが恋しい)

千秋との日々が、どれだけ自分にとっての幸せだったのかを思い知る。何気ない会話であっても、ただそばにいてくれるだけでも、些細《ささい》な日常がいつも文乃にやすらぎをくれた。

（いつの間にか、千秋さんの存在が、心の拠《よ》り所になってた……）

毎晩抱かれるのも、義務的なものでは決してなかった。

（子供がほしいというのも本当だけど……）

それ以上に、千秋の愛を感じることが幸せだった。千秋を愛している自分を実感できることが嬉しかった。

（……会いたい）

文乃はブルーになっていく。父親にどう思われても千秋と一緒にいれば良かったと、今になって後悔した。

「千秋さんに連絡してみようかな」

ベッドから手を伸ばしスツールの上のバッグを取る。中からスマホを取り出した。

「あ……千秋さんだ」

千秋からの着信記録が残されているのに気づく。

（いつの間に？）

慌てた文乃はすぐに折り返し電話をかけた。

『もしもし？　文乃？』

深みと色気のある低音。千秋の声を耳にした途端、文乃の憂鬱《ゆううつ》は消えていく。

「千秋さん、電話いただいていたのにすみません」

『少し出てこれる？　今、近くまで来てるんだけど』

「えっ、は、はい！」

(千秋さんに会える……)

文乃ははやる胸を抑え、クローゼットを覗き羽織るものがないか探した。

「今すぐ行きます」

そろりと部屋を抜け出し、階段を降りる。後を付いてきたハチに「静かに」と指を立てた。

利口なハチは、鳴かずに丸まった。

物音を立てないよう気をつけて、文乃は勝手口からそっと抜け出す。

(誰にも見られませんように)

パジャマの上に学生時代のカーディガンを着ただけの格好だ。

近所の人に出会わないよう周囲を気にしながら通りに出る。

するとすぐに、歩道側に寄せた黒塗りの社用車から降り立つ千秋を見つけた。スタイルの良さで、シンプルなグレーのシングルスーツをスタイリッシュに着こなしている。

(千秋さん、かっこいい……)

いつにもまして素敵だと感じるのは、恋しかったからだろうか。

「千秋さん！」

文乃はまるで飼い犬がそうするように、喜んで駆け寄った。

「なかなか面白い格好だね」

通りの街灯に照らされた文乃を見て、千秋がふっと笑う。

「これは、おばあちゃんのパジャマで……」

紫の小花柄であらわれたのは、さすがにまずかったかもしれない。

（夫婦なのにアンバランスすぎる）

文乃は恥ずかしさのあまりそわそわしてしまった。

「ネックレスして寝るつもり？」

さらに千秋はおかしそうに目を細める。

文乃の首には、千秋からプレゼントしてもらったダイヤのネックレスが光っていた。

「盗まれないか心配で、肌身離さず……」

文乃は小さく溜息を吐いた。

（私には高価すぎるし……）

セキュリティの甘い実家では、不安でしょうがないのだ。

「盗まれたらまた買えばいい」

「駄目です。そんな無駄遣い、いけません」

真剣に文乃は訴えた。

「このまま攫《さら》って帰りたい」

人目も気にせずに、千秋は文乃を抱き締めた。

「……あのっ」

「少しだけ」

「はい……」

文乃は千秋のぬくもりを感じて、うっとりと目を閉じる。

(嬉しい……)

千秋の背中へ自ら腕を回し、胸に顔をうずめる。しかし、通りを行く車のライトに照らされた瞬間、ハッとした。

(ご近所さんに見つかったらどうしよう!)

妙な噂がたってはますます状況が悪くなる。

(うるさいお父さんが何を言い出すか……)

文乃は千秋の胸の中で身を捩《よじ》った。

「そ……、そろそろ、人に見られますから」

「……素っ気ないな」

「そうじゃないんです!」

「冗談だよ」

千秋はそっと身体を離した。

「お義父さん、まだ怒ってる?」

「父は寂しくなったのかもしれません。店も娘も同時に手放すことになったから」

父親の気持ちも分からなくもない。ああみえて、情け深い人間だ。

(不器用、なのよね……)

虚勢を張らないと、寂しさに押しつぶされそうなのだろう。善治郎は亡くなった文乃の母親をとても愛していたようだ。善治郎は結婚するまで苦労をしたと聞いている。

（確か、何度もお母さんの両親に頭を下げたって……）

文乃の心に様々な思いが渦巻く。

「『さくらや』のことは案外あっさりと承諾いただいたけど、文乃との結婚は長い間反対されていたからね。やっとお見合いに漕ぎ着けて、なんとかして文乃を手に入れようと必死だったよ」

そんなことがあったのかと文乃は驚いた。

「そうだったの？　知らなかった……」

「お義父さんには悪いが、今さら文乃を返すつもりなんかない」

腰を屈めて千秋は文乃の顔を覗き込んできた。

（キスされる？　目を瞑ったほうがいいかな）

文乃は、運転手に見られるかもしれないとドキドキした。

（それでもいい、キスしてほしい……）

文乃は不埒《ふらち》な思いに囚われる。いつもみたいにたっぷりと愛されたい。

「で、いつ戻る？」

「え、ええと」

キスを待ってぼんやりしてしまった文乃は慌てた。

「戻りたくないのか？」

千秋が眉をひそめる。

「ま、まさか」

戻りたくないわけはなかった。千秋のことばかり考えているのだ。

こうして側にいる時でさえ甘酸っぱくて切ない思いが胸にある。文乃は初めての恋をしていた。

(千秋さんとはこれからずっと一緒にいられるんだし……)

これからの人生、千秋と自分の生活を一番に考えたいからこそ、今できることをやっておこうと決めた。

「もうすぐ母の命日なんです。私もすっかり忘れていて。こんなこと初めてなんですけど……。母の供養をしてから戻っていいですか?」

文乃が誠意を見せれば、きっと善治郎も分かってくれるはずだと思った。

「そうか。分かったよ。あまり遅くなるといけない。もう家に戻って」

優しく頭を撫でられる。離れがたくなった文乃は、つい千秋のジャケットの裾《すそ》を摘《つま》んだ。

「それだけですか?」

いつも余裕のある千秋が、ほんの少し照れくさそうにするのが分かった。文乃はちょっとした千秋の変化も見逃さない。

(時々クールじゃなくなる千秋さんも好き)

「足りない?」

千秋から甘く囁かれ、文乃はこくりと頷いた。

「好きだよ」

一瞬、千秋の優しい温もりを感じる。唇を掠《かす》めるだけのキスだった。

「ちゃんとしたのは戻ってから。おやすみ、文乃」

（千秋さん、私も、好き……）

とめどなく溢《あふ》れる愛しさに、文乃はとても眠れそうにないと思った。

§

母親の命日は曇り空だった。

文乃は父親と二人で墓参りに来ていた。お墓は郊外のため、年老いた祖父母は仏壇に線香をあげている。

「母さん、『さくらや』がランチはじめるってんだ。冗談じゃねえよなぁ」

善治郎はお墓に手を合わせて愚痴を言う。

「もう、お父さん。お参りの時に変なこと言わないで」

文乃は憮然《ぶぜん》として言った。

「いいんだよ。俺達はこうしていつも会話してんだから」

善治郎は立ち上がり手桶を持った。

（お母さん、お父さんのどこが良かったのかな？）

善治郎と母親は周囲が反対する中一緒になったと聞いている。もしかすると大恋愛だったのかもしれない。気にはなるが、両親の馴れ初めを聞くのは照れくさいものである。

「さ、帰るか」

善治郎は立ち上がるが、なぜか動かない。それから分かりやすく、しかめっ面になった。霊園の道をこちらにやってくる、長身の男性が見えたからだ。

「おいおい、こんなところにまでお出ましか」

善治郎は厭味《いやみ》ったらしい声を上げる。

それに引きかえ、文乃は千秋に目が釘づけだった。身体のラインに沿ったネイビーのスリーピーススーツを、千秋が素敵に着こなしていたからだ。

(やっぱり、かっこいい……)

「千秋さん」

千秋は美しい白百合の花を手にしている。

「花まで洒落《しゃれ》てやがるなぁ」

善治郎はすでにお供えしてある控えめな菊の花を見て言った。

「お義父さん、先日は失礼いたしました」

頭を下げる千秋に、善治郎は目を丸くしている。千秋の行動に驚いているのではない。千秋の背後に別の人間があらわれたからだ。

「……誰だ、一緒にいる美人は?」

無遠慮に善治郎は言った。

（本当に綺麗な人……）

千秋と一緒にやってきたのは、シックな装いながら華がある、年齢不詳の美女だった。その人物が誰なのか、文乃は見当もつかない。

「はじめまして。千秋の母親の、佐伯舞子《さえきまいこ》です」

文乃と善治郎は、予想外の人物が登場したことで軽く動揺した。

（この女性が、千秋さんを産んだお母さん……）

風間の義母よりずいぶん若い。

「わ……、わざわざすみません」

文乃は恐縮しながら、ぺこぺこと何度もお辞儀した。

そんな文乃を千秋は気遣う。

「何を言ってるんですか。文乃さんのお母さんの命日なんですから。お義父さん、お線香をあげてもよろしいでしょうか」

「勝手にしろ……あ、いや、どうぞ」

善治郎は千秋の母親を前に、どういう対応をすべきか戸惑っているようだ。

「お花は私が」

苦笑する千秋から、文乃は白百合を受け取った。

「こんなに立派なお花を、ありがとうございます」

「秘書の二宮が用意してくれたんだ」

「二宮さんが……」

文乃はふと、鉄砲百合の『偽れない』という花言葉を思い浮かべた。

すると千秋はネクタイの位置を正し、軽く深呼吸をする。

「お義母《かあ》さん、文乃の夫の風間千秋です。ご挨拶が遅くなって大変失礼しました。文乃のことは必ず幸せにします。全力で守ります。どうぞご安心下さい」

千秋が手を合わせるのを、善治郎は苦々しげに見ていた。

「ったく、わざとらしい男だな」

「お父さん、いい加減にして。千秋さんに失礼です！」

とうとう我慢ならなくなった文乃は、声を荒らげる。

「いいんだ、文乃。出生について正直に話さなかった俺の責任だ」

そこで舞子が善治郎に向かって言った。

「文乃さんのお父様、この度《たび》は不愉快な思いをさせてしまい、申し訳ありません。一連の責任は私にあります。千秋……息子は私の子供として産まれてしまっただけ。どうか、お許し下さい」

深々と頭を下げられ、善治郎もバツが悪そうにしている。

文乃は舞子を庇うように肩に手を添えた。

「お義母《かあ》さん、頭をあげて下さい。こちらこそ、父の非礼をお詫びします」

舞子の張り詰めたような表情が少し柔らかくなる。

「あなたが、文乃さん。とても可愛い人ね。千秋のこと、よろしくお願いします。決して許されることではないけれど……千秋は、私が人生をかけて愛した人の子供なの」

舞子の正直な告白に、文乃は胸が熱くなる。

過去に何があったのか、それは文乃の与《あずか》り知ることではない。

(どんな事情があろうと、私には千秋さんが必要だから……)

文乃にとって大事なことは、誰に対しても誠実でいることだった。

「……はい。私も千秋さんのことを、人生をかけて愛します」

舞子は文乃の言葉に嬉しそうに微笑む。

気まずそうな善治郎に、今度は千秋が語りだした。

「母親のことを正直に話せなかったのは、自分に自信がなかったせいです。出生など関係ない、自分は自分だ、そう言い切れなかった。どこかで、母親を後ろめたく思っていたのです。思春期に入った中学時代、母親の生き方に納得できず、父親恋しさもあって、風間の家に行くことを安易に決めてしまいました。そこから、私は必死で勉強しました。父親や風間の人間に認めてほしかったからです。誰もそんな風に生きろとは言わなかったのに、勝手に自分で自分を追い詰めていた」

「千秋さん……」

苦しげな千秋の表情に、文乃の胸が痛む。

善治郎は静かに千秋の言葉に耳を傾けているようだ。

「文乃、心配しないでほしい。風間の家は、俺に良くしてくれたんだ。兄弟も義母も本当の家族のように接してくれた。だからこそ、今の家族が俺の家族だと思っていた。その家族から結婚式に母親を呼ぶように言われたが、それを断ったのは俺自身だ」

千秋は、今度は舞子に話す。

「母さん、すまなかった。結婚式に呼ぶべきだったよ。文乃はとても綺麗な花嫁だった。母さんにも見せたかった。俺の一番大事な人の、最高に美しい姿を。文乃に巡り合えたのも、母さんが俺を産んでくれたからだ。本当にありがとう」

「バカ。母親にのろけるなんて……」

舞子は涙声になっていた。素早くバッグからハンカチを取り出し、目元を押さえる。

「私からも御礼を言わせて下さい。千秋さんを産んで下さって、ありがとうございます」

「……ううっ」

文乃の言葉に舞子はとうとう泣き声をあげた。

「お義母《かあ》さん……」

「ありがとう……ありがとう、文乃さん」

舞子は涙を拭《ぬぐ》いながら笑顔になる。

「千秋さんに出会えて、私、幸せです」

文乃は千秋に出会えた奇跡に改めて感謝した。

「俺も文乃に会えて良かった」

文乃と千秋は熱く見つめあった。

風間の家族も千秋の実の母親も、同じように大切な人達だ。何より文乃は、千秋が心の内を打ち明けてくれたことが嬉しかった。

(千秋さんをもっと支えていきたい)

そこで千秋は再び善治郎へと向き直る。

「お義父さん、この度《たび》は大変申し訳ありませんでした。心よりお詫び申し上げます。しかし文乃を幸せにするという誓いに嘘はありません。どうぞお許し下さい」

そして千秋は、善治郎に向かって深々と頭を下げた。

善治郎は、頭をかきながらへの字に口を曲げる。

「隠し事なんかせずに、こうして家族がひとつになるのが俺の理想だよ。もう文句はない。娘は風間さん……、いや、千秋くんに返すよ。……お、俺はこれから店に出るから。あとは頼むよ。じゃあな！」

照れくさくなったのだろう。善治郎はそそくさともと来た道を引き返して行った。

文乃は善治郎の背中が「本物の夫婦になれ」、と語っているような気がした。

(私は幸せになります……)

千秋がいればきっと大丈夫だ。

「俺達の部屋に帰ろう」

千秋に肩を抱かれ文乃は幸せな気分になる。

「文乃さん、良かったらこれ。遅くなったけど、私からの結婚祝いよ」

舞子が紙袋を差し出してきた。

「……あっ！　今、出すのか！」

それを見て、なぜか千秋は頭を抱えている。文乃は疑問に思いながら紙袋を受け取った。

「ありがとうございます」

「気に入ってくれるといいけれど。うちの会社で作っている商品よ。サイズは千秋から聞いているわ。私と同じで触るだけでだいたい分かるから」

(サイズ……？)

舞子が会社を経営していることは千秋から聞いているが、業種までは知らなかった。

「千秋、フィッティングはしっかりね。サイズの合っていない下着をつければどうなるか、さんざん教えたわよね？　合ってなかったら作り直すから」

「…………」

千秋は困ったように頭を掻《か》いていた。

(フィッティング？)

文乃が紙袋を覗くと、そこにはピンクのリボンでラッピングされた箱が入っていた。

§

リビングのローテーブルには、開封された箱とピンクのリボン。

「……す、すごい！」

レースがたっぷりあしらわれたセクシーな黒のブラとショーツを手に、文乃は固まってしまった。

それらは舞子からの結婚祝いだ。

「母が立ち上げたランジェリーブランドの下着だ」

千秋はソファに身を沈めて気だるそうに髪をかきあげた。

「そ、そうだったんですね……」

文乃は、自分で選んだベビードールよりも、ずっと官能的な下着に困惑する。

（ほとんど透けてる……）

「つけてやろうか？」

「えっ……」

「サイズの合った下着を正しくつけるのは、美容や健康において重要なことだ。子供の頃からそういう環境下で育ったから、擦《す》り込まれているんだよな」

投げやりな調子で千秋は言った。

（千秋さんの育った環境……）

千秋が舞子と暮らした子供時代を想像しながら、黒のブラを見つめた。

「……お願いします。千秋さんがつけて下さい」

文乃は下着を差し出した。

（千秋さんの人生をもっと知りたいから）

驚いたように瞬きを数度すると、千秋は文乃の手から下着を受け取った。

「……分かった。じゃあ、服を脱いでくれる？」

千秋が悪戯っぽく微笑む。こういう時の千秋はいつも楽しそうである。

「……はい」

頬を僅かに染めて、文乃はブラウスのボタンをひとつずつ外していく。

（……見られてると、緊張する）

ブラウスを脱ぎ、スカートのファスナーを下ろした。

文乃はちらりと、ソファに座る千秋を見る。千秋は無言で文乃を眺めていた。

（……恥ずかしい）

何度も身体を重ね裸も見られている。それでも、文乃は下着を外すのに手間取ってしまった。

「……綺麗だよ」

ゆっくりと千秋は立ち上がり、何も身にまとわない文乃の前に立つ。

文乃がじっと見つめ返すと、千秋はゴクリと唾《つば》を呑んだ。

「サイズの合っていない下着をつけると、スタイルが悪く見えるだけじゃなく、肩こりや身体の不調の原因にもなり得るんだ」

真面目な顔で千秋は言った。

触れられてもいないのに、文乃の心臓は激しく波打つ。

千秋の指は、繊細な下着を丁寧に扱った。文乃にブラをつけながら、確かめるようにあらゆるところに触れた。

（これは……フィッティングなのよね？）

文乃はドキドキしっぱなしだ。

「姿勢は真っ直ぐ。腕、回して」

「こうですか？」

ベルトを確認して千秋は言った。

「よし、安定してる」

それからアンダーバストを指で撫でられる。

「あっ……」

「こら、感じるな。フィッティングだ」

千秋に笑われ文乃はさらに顔を赤くする。

「千秋さん、本当に詳しいんですね」

「特殊な環境で育ったって言ったろ？」

千秋が文乃の身体を隅々まで調べた初めての夜を、昨日のことのように思い出す。敏感な部分にも詳しいのはそのせいだろうか。

（私だけにしてほしい……）

こんなこと、他の女性にはしてほしくないと文乃は思う。

「カップが浮いていないか、ワイヤーのラインがことぴったり合っているか」

ゆっくりと乳房の下を指が滑っていく。身体がぴくんと反応した。

文乃は声を出さないよう我慢する。そこで千秋の手がカップの中に潜り込んだ。

「ん、んっ……」

そこでとうとう声が漏れてしまった。

「斜め上に引き上げるように」

ふくらみを掴まれ持ち上げられる。

(これはフィッティング……)

文乃は懸命に理性を保とうとした。

「あ、あの、千秋さん……」

「どうした?」

「そ、そこは……、だめ……」

さりげなくではあるが、千秋の指は先端に何度も触れてきた。

「ぁ、あっ、やっ……」

千秋の指が先端を摘《つま》んだ。

「どうして?」

やはり千秋は意地悪だと文乃は思う。指先で執拗《しつよう》に乳頭を弄《もてあそ》びながら訊《き》いてくる。

どうしてやめてほしいのか知っているくせに、と文乃は悔しくなるのだ。

「だ、……だって……ふ、ぁっ……」

この状態じゃフィッティングどころではないと、文乃は甘い吐息を漏らした。

「ごめん、気分が盛り上がってきた。もう少し」

感じているのを耐える文乃の唇に、千秋はキスを落とす。

口づけをしながら、するりと下腹部に手を滑らせた。

「はぁっ……、だ、だめ……、ぇ……」

逃れようとする文乃の腰を千秋は捕らえる。

「文乃、可愛いよ。もうこんなに感じて……」

ぬるぬるとした秘所を撫でながら千秋は言った。

「……や、っ……は、ぁッ……」

しばらく撫で回した後、千秋はいつもより遠慮がちに浅く指を挿し込む。

「ぁ、あ……、んっ」

(まだ、フィッティングの途中なのに……)

浅い部分で動く指が焦《じ》れったくも気持ちよく、文乃はますます愛液を滴《した》らせる。

「んっ……、んっ……、あぁ、っ……も、やぁ……っ……」

「文乃……愛してる……」

千秋は文乃の頭を抱え込んだ。

「ベッドに行こうか?」

文乃は涙を溜めて頷く。二人の愛の巣では、どんな豪華なランジェリーも必要なかった。

第四章　この度《たび》、新婚旅行に行くことになりまして。

墓参りで顔をあわせてからというもの、文乃のスマホには千秋の母親である舞子から時おりメッセージが来るようになった。

『新作を贈ります』

嬉しいやら恥ずかしいやら、セクシーなランジェリーが定期的に届いている。

「舞子さ……お義母《かあ》さんは千秋さんを本当に愛していますね」

文乃がそう告げると千秋は笑った。

「俺のことマザコンだと思ってるだろ」

「はい、少し」

すんなりと文乃は返事をした。まったく悪気はなかった。

文乃の中で「マザコン」は「母親思い」の優しい人というイメージに、いつの間にか変換されていた。

「帰ってきたら覚えておけよ。寝かせないからな」

しかし千秋は、からかわれたと受け取ったようだ。恐ろしく甘い言葉を残して仕事に向かう。

その日の朝微笑みながら、文乃は玄関先で愛しい夫を見送った。

料亭『さくらや』の経営はなんとか軌道に乗り始めた。涼太が割烹「三好」に修業に出てから、善治郎は新しい板前を弟子に取った。再び厨房《ちゅうぼう》に活気が戻る。

由衣は村瀬に代わって仲居達をまとめ、女将《おかみ》の文乃を助けてくれる。勤務年数にこだわらず、従業員の働きに見合った給料も出せるようになった。

昼のランチも概《おおむ》ね好評だ。ランチにしては値段が張るが、老舗《しにせ》の極上の味を楽しめるとSNSや口コミでじわじわ広まっている。

当然ながら新しいお客様にも、文乃は心を込めておもてなしをした。

(怖いくらい、何もかもが順調にいっている……)

それもこれも、千秋のおかげだと文乃は感謝を深めていた。

ところが、相変わらず仕事が忙しい千秋とのすれ違い生活が再び始まったのである。

『今夜はホテルに泊まります』

千秋からのメッセージに文乃はがっかりした。

「千秋さんって本当に仕事人間……」

そこでふと、鮮やかなイエローのワンピースを着た、秘書の二宮の姿が脳裏に浮かぶ。

『あれほど仕事人間の風間常務が、自宅に帰るようになったんですよ?』

最初に千秋を仕事人間だと言っていたのは二宮だ。二宮は、文乃よりも千秋をよく知る人物だろう。そして千秋も、秘書の二宮をとても信頼している。

『秘書の二宮が用意してくれたんだ』

美しい百合の花束を思い出す。墓参りというプライベートまで、千秋は二宮を頼りにしていた。

「考えすぎ……二宮さんは仕事上のパートナーなんだから」

文乃はそこで、ハッとする。

「仕事だけ……？」

千秋の言葉が次々と思い出される。

『セクシーな服を好む女性がいるんです。俺の秘書なんですが』

あの時、千秋は二宮の話を文乃にあえて聞かせたのではないか。

『美しい女性からわざわざ肌を見せられて、平静でいられるほど俺は紳士じゃない』

二宮が千秋を誘惑するようなことがあったのだろうか。

「二宮さんが千秋さんに好意を寄せていたら……」

二宮の言動と辻褄《つじつま》が合うような気がした。鉄砲百合の花言葉『偽れない』とは、二宮の心なのではないか……もしも優秀で美人の秘書から思いを寄せられたら、千秋も悪い気はしないはずだ。どんどん疑心暗鬼に陥《おちい》っていく。

常に千秋のそばにいる唯一の女性である二宮のことは、無意識のうちにわだかまりとなっていたようだ。千秋と心を通わせる以前から、気になる存在だったからだろう。

「そんなことあるわけない……今日の私、どうかしてる」

文乃は不安を打ち消すように頭を振った。

舞子から贈られたガーターベルトやオープンショーツを手に、寝室のベッドの上でぼんやりとする。なかなか千秋との時間が取れない中、魅惑的な下着だけが増えていた。

「まだベビードールも見せていない」

文乃が選んだ勝負下着も未だクローゼットの中だった。

胸元にリボンが付いた前開きのランジェリーは千秋に解かれるのを待っているというのに、今日も文乃は着慣れたスウェットの上下に身を包んでいる。

(仕事だと言われれば、我儘《わがまま》は言えない)

クローゼットに下着をしまうと、文乃はベッドに寝転んだ。一人寝のベッドはやはり寂しい。

(早く帰ってきて……会いたい……)

文乃は千秋を思って瞼を閉じた。

(きっと、会えないから不安になるんだ……)

するとスマホから着信音が鳴り、すぐさま文乃は目を開ける。

(こんな時間に、誰？　また千秋さんかな？)

ごろりと寝返りを打ち、サイドテーブルからスマホを取り上げた。

「えっ……！」

ディスプレイを見て驚いた文乃は飛び起きる。

メッセージを送信してきたのは『さくらや』の元仲居、村瀬だった。

(どうして、村瀬さんが？)

『女将《おかみ》さんお元気ですか？　女将《おかみ》さんには世話になった義理がありますからお教えしますね。やっぱり常務には愛人の一人や二人いるじゃないですか。それじゃごきげんよう』

　さらに添付された画像に息を呑む。

（千秋さんが女性の肩を抱いている……？）

それは、マスクをした男女が身体を寄せ合っている写真だった。顔が隠れていようとも、男性が千秋であると文乃は確信できた。

（……ここは！）

場所は見覚えのあるホテルのロビーだ。千秋の隣にいる女性が誰かも、目元を見てすぐに分かった。

「二宮さん……？」

あれほどの美女を、忘れるはずがない。

千秋が肩を抱いているのは間違いなく、秘書の二宮晴香だった。

「……だからって、愛人なわけない」

千秋を疑いたくはないのに、信じたいという気持ちが僅かに揺れた。

『まさか、常務は何も話していないのですか？』

千秋が文乃に隠していたことを二宮は知っていた。鼓動がどんどん速くなる。

（落ち着かないと……）

取り乱したら、村瀬の思うツボである。

文乃は呼吸を整えてから千秋に電話をした。

しかし、何度呼び出し音が鳴っても、電話に出てくれる気配はなかった。

（……どうしたんだろう）

きっと何か事情があるのだ。しばらくすれば折り返し連絡は来るだろう。そう思って待ってみたが、一向にスマホは鳴らない。

（千秋さん、お願い……連絡して）

文乃は次第に憂いに包まれていく。

念の為、会社にも電話を入れてみた。

「常務ならば、秘書のかたと一緒に外出されたまま戻られておりませんが」

文乃が立場を告げると、警備員は記録を確認してくれた。

（二宮さんと一緒……）

ふと、お見合いの情景が脳裏に浮かんだ。千秋の冷ややかな表情。緊張してぎこちない自分の姿。心が通ったように見えても、政略結婚という事実は消えない。

（大丈夫、千秋さんは私を愛してくれている）

不安を打ち消そうとするが、頭をよぎるのは文乃を惑《まど》わす光景ばかりだ。

『あなたは、俺に身体を自由にさせてくれるじゃないですか。それだけで充分です』

千秋の言葉が鉛のように重く感じられた。

『てっきり奥様ならご存じかと……』

二宮が美しい仕草で佇《たたず》んでいる。

（私、愛されているよね？）

動悸が一段と激しくなった。

文乃はこの結婚に愛を見つけたはずだった。

（……どうして不安になるんだろう）

もしかすると、今も千秋は二宮と一緒なのかも知れない。その考えに行き着いた時、文乃は居ても立ってもいられなくなった。

「冷静にならないと……」

そわそわしながら、文乃はどうすべきかを考える。

（千秋さんが、あんな風に誰かを頼るなんて……）

二宮に寄り添う千秋の姿が焼き付いて離れない。

村瀬の罠にハマりかけていると知りながら、囚われる。

千秋の優しいキスやあたたかな胸を思うだけで、切なくなった。

（私だけの千秋さんでいて……）

文乃の目にじわりと涙が浮かぶ。

いつも平常心でいることを心がける文乃が、こんなふうに感情に囚われるのは珍しいことだった。

（千秋さんのことになると、理性が働かなくなってしまう）

文乃は手のひらで涙を拭《ぬぐ》い取った。

「二宮さんと一緒にいると決まったわけじゃない……確かめよう」

文乃はクローゼットから洋服を取り出し着替える。

（ホテルの場所は分かっている）

写真に写ったロビーは、文乃が千秋と初めてひとつになれたホテルだった。

着替えを済ませた文乃はマンションの部屋を出た。落ち着こうと思いつつ、自然と早足になる。

（どうか、勘違いでありますように）

文乃は通りでタクシーを拾い乗り込んだ。

目当てのホテルに乗り付けると、深呼吸して受付カウンターに向かう。

「風間千秋の部屋に、妻が来たと取り次いで下さい」

「申し訳ございませんが、宿泊のお客様についてお答えするわけに参りません」

「そうですよね……すみません」

個人情報を容易《たやす》く漏らすわけにはいかないことくらい、女将《おかみ》である文乃なら分かっているはずだった。

（少しも冷静じゃない……）

文乃はすっかり取り乱してしまっている自分に呆れため息をつく。

（もう一度、連絡してみよう）

ロビーのソファに腰掛けスマホを取り出し、千秋に電話をする。やはり、コールが鳴り続けるだけだ。時刻は既に午後十時を回った。

（千秋さん……お願い……）

祈れば祈るほど、悲しい気持ちになっていく。嫌な予感がして手のひらが汗ばんできた。

目裏《まなうら》に村瀬の顔が浮かび、「愛人の一人や二人……」と笑っている。

文乃は頭を振って振り払おうとした。

それでも、二宮の肩を抱く千秋の姿は決して消えない。

(もう、ベッドの中かもしれない)

ハッとして背筋が冷たくなる。耳元のコールは鳴り止まなかった。

(嫌……私以外の誰かを、抱かないで)

千秋が二宮の素肌に触れようとする光景を想像して、文乃は怯えてしまう。

周りを見渡すと、煌《きら》めくシャンデリアに彫刻や壁画。人影はすでにまばらだ。

ほとんどの客はもう部屋の中だろう。

(今すぐ、電話に出て……)

文乃は瞳いっぱいに涙を溜めて、ホテルのロビーで一人、スマホを耳に当てていた。不安が頂点に達する直前、声がかかる。

「奥様、ですよね？」

鮮やかな紫色のセットアップを着てマスクをした女性だ。文乃はぽかんとしてしまう。

「秘書の二宮です」

名乗られる前に気づいていた。村瀬から送られた画像と、全く同じ服装をしていたからだ。

「あ、あの、千秋さんは？」

焦っていた文乃は、思わず二宮に詰め寄ってしまう。

文乃の勢いに二宮は僅かにたじろいだが、すぐさま姿勢を正す。

「はい。他の者には口止めされていましたが、実は常務は風邪で熱を出して寝込んでいます。仕事を切り上げて早く帰るようお願いしたところ聞いていただけず、結局病院を受診し検査に半日。疲労と風邪ということで、薬をいただいてまいりました。ご自宅に戻れば、奥様に感染させてしまうからと、今夜はホテルに泊まるそうです」

二宮が顎《あご》に手を当て溜息を吐く。

「もしかして、二宮さんがホテルに運んで？」

「ええ。肩を貸してさしあげただけですけど」

「ああ……そうでしたか……」

文乃は胸をなでおろした。

（二人は肩を寄せ合って親密にしていたわけじゃなかった）

それどころか、風邪をひいた千秋を二宮が介抱してくれたのだ。

「ご迷惑をおかけしました」

文乃は二宮に頭を下げた。

安堵で思わず愚痴が零れる。

「……村瀬さん……ひどい」

それを聞いて、二宮が厳しい目つきをした。

「もしかして、『さくらや』で以前働かれていた仲居の？」

「はい。ご存じですか？」

「これも奥様にはご心配かけないよう秘密の案件でしたが……。常務へのストーカー行為で警察に通報するかどうか検討していたところでした。奥様にも何か？」

「はい。実は……」

村瀬から届いたメッセージや画像を見せると、今まで涼やかな表情を崩さなかった二宮の顔が、みるみるうちに険しくなった。

「――ざけんな、馬鹿野郎」

（二宮さんのキャラが……！）

文乃は驚いて呆然とする。

「失礼いたしました。この件は社の方で対処して参りますのでご安心を。奥様、常務のお部屋へご案内いたしましょうか」

二宮は、文乃の様子を見て言葉を続ける。

「この際ですので申し上げますが、毎日のように一緒にいられるのは仕事だからです。深夜まで残業する男など、自己管理ができないにも程があり、個人的にはお断りです。奥様が常務を家に帰すようにして下さり、心から感謝しております。今後は私から奥様に直接常務の予定をお伝えいたしましょうか？　スケジュールは秒単位で把握しておりますので」

「あ、いえ、大丈夫です。こちらこそ、色々とご迷惑をお掛けしました」

少し個性的ではあるものの、二宮は真面目に仕事をしているだけだと文乃は理解した。

きっと千秋にとっても優秀で信頼できる秘書なのだろう。

(少しでも疑ったりして恥ずかしい)

短絡的な思考を反省しながらも、それだけ千秋を愛しているのだと思い知る。

(早く千秋さんの顔が見たい……今夜は側にいたい)

もっと互いを信じ合える絆がほしいと文乃は思った。

「夫の部屋を教えて下さい」

「はい。奥様、負けないで下さい」

二宮は励ますように胸の前で拳を作った。今までのイメージに合わないそれを見て、文乃は思わず微笑む。どうやら素はこちらのようだ。

「ありがとうございます」

二宮から部屋番号を聞いた文乃は、急いでエレベーターに乗り込んだ。

(千秋さん、大丈夫かな……)

朝まで側にいてあげたいと思いながら、文乃は急ぐ。

しかし部屋のドアをノックしても、反応はない。

「ま、まさか、倒れてない？」

慌てた文乃が再びスマホを手にした時だ。ガチャリと鍵が開く音がした。

「……千秋さん！」

顔を出した千秋は文乃を見て咳き込んだ。

「着信……見た……、出られなくて……」

「千秋さん、喋らないで。とりあえずベッドへ」

文乃は千秋へと手を伸ばした。

呼吸は荒く、支えた身体から伝わってくる熱に驚く。

（だけど……会えて良かった）

千秋をベッドに寝かせてから文乃は部屋の様子を窺う。室内は灯りがついたままだ。まだ眠っていたわけではないのかもしれない。

「何か必要なものありませんか」

「いや、何も」

テーブルには、ミネラルウォーターや経口補水液のペットボトルが並んでいた。二宮が用意してくれたのだろう。

「着替えは？」

「……まだだ」

ベッドの脇にあるスーツケースに目が止まる。

「着替えのお手伝いしますね」

「ありがとう」

千秋の頼りない声に文乃はますます心配になった。

洗面室のアメニティを使用した形跡は無い。改めて文乃はホッとする。

(私、案外、疑《うたぐ》り深い……)

涙が滲んだ情けない顔が鏡に映る。文乃は、「どんまい」と自分を励ました。

こんなことくらいで狼狽《うろた》えていては、風間の御曹司の妻はつとまらないと思い直す。

もっとどっしり構えないと、と文乃は苦笑した。

「何より、千秋さんを信じなければ……」

文乃は、タオルを手に千秋の待つベッドへ向かった。汗をタオルで拭きとった後、スーツケースから着替えを取り出した。

「着替えましょうね」

まるで子供扱いだが、弱りきった千秋は文乃を頼るしかない。

「……すまない」

文乃は千秋の熱で潤んだ瞳を見つめ返した。

「失礼します」

布団の下から手を潜りこませる。布団を剥《は》がすと寒そうだからだ。

しかし、ベルトを外してズボンを下げようとするが、なかなか上手く行かない。大人の男はやはり重たかった。

「中に入りますね」

文乃は布団に頭を潜らせ、千秋が腰を上げた隙にトランクスに手を掛け脱がせていく。

「……ドキドキ、する、な」

千秋はそう言うと、また咳き込んだ。

「きゃっ！」

文乃は思わず声をあげてしまった。

千秋の股間にある、病人とは思えない元気なものが目に入ったからだ。

（ここもぐったりしているのかと思ったのに……）

色々な思いを巡らせながら、文乃は目を凝《こ》らして千秋の漲《みなぎ》りを眺めた。

千秋は文乃が何に驚いたのか感づいたようだ。

「……仕方ない、だろ。生殖本能だ」

命の危機に晒《さら》された時、男性は性欲が強くなると聞いたことがある。

文乃は千秋の熱を目の当たりにしてなんとかしたいと思った。

（苦しいのなら助けてあげたい……）

男性の性欲を手や口を使って処理する方法ならば、少しは理解している。

（経験はないけれど、できるはず）

文乃は毛布の中で腕まくりした。

「こちらも、お手伝いします。任せて下さい」

文乃が熱塊に触れると、千秋は激しく咳き込んだ。

「だ、大丈夫だから、早く穿かせてくれ……、いや、自分で穿けるから」

「えっ？　ご、ごめんなさい！」

「俺も面白かったから、つい……着替えくらい一人でできるよ」

千秋は咳き込みながら笑っている。

(……一人では動けないのかと思ってた)

病人相手に何をしているのだろうと、我に返った文乃は真っ赤になるのだった。


「文乃、文乃」

肩を揺すられゆっくりと目を開ける。

「……んん？」

目の前に千秋の顔があることに気づいた文乃はほわんと微笑んだ。

辺りを見回し、ホテルのベッドの上であることを思い出す。

「おはよう。朝だよ」

千秋はすでに着替えを済ませ身支度も整えていた。

その姿で文乃の隣に再び寝そべる。

マスクを付けてはいるが、随分元気そうで文乃は安心した。

「おはようございます」

どうやら、朝まで看病するつもりでいた文乃のほうが、ぐっすり眠っていたようだ。

(千秋さんがそばにいる……嬉しい)

文乃の頭は次第にクリアになっていく。

すると、村瀬の嫌がらせによって嫉妬や誤解という苦い思いをしたことまで蘇《よみがえ》り、少しだけ胸がもやもやした。もしかしたら、これが恋の正体なのかもしれないと文乃は思う。

(恋は綺麗なものばかりじゃないのかも……)

恋を知らないままに結婚してしまった文乃は、改めて思い知る。

「千秋さん、心配なのでマンションに帰ってきて下さい」

少しだけ甘えるようにそう言ってしまったのは、千秋を独占したかったからだ。

文乃は恋の狡《ずる》さも覚えてしまった。

(好きだから……、だから、苦しかったんだ)

もう二度と、あんな気持ちにはなりたくない。

「千秋さん……お願いします……そばにいて」

ベッドの上でワイシャツが皺《しわ》にならないか心配しながらも、千秋の背中に腕を回す。

「分かったよ。それから、俺と二宮のことも心配かけて悪かった」

「……えっ？」

「二宮からメールが届いてた。村瀬がまた接触してきたみたいだな」

千秋は優しく文乃の髪を撫でる。

「俺を信じて。文乃だけでいい。俺は、文乃がいればいいんだ」

「千秋さん……、私、信じます」

どうしてあんなに動揺したのだろう。

千秋は最初から文乃だけを見つめて大事にしてくれた。

ゆっくりと歩み寄って愛を育ててくれた。

（……もう、揺らいだりしない）

村瀬のしたことは許せないが、試されるたびに千秋への愛は大きくなっている。あらゆる疑いが晴れた今、二人の絆はより深くなったはずだ。

（何があっても、千秋さんへの愛が消えることはない）

色んなことを乗り越えながら、本当の夫婦になっていくに違いない。

「文乃、愛してる」

千秋に見つめられると心が満たされていく。ドキドキするけれど目が離せなくなる。

「私も千秋さんを愛しています」

文乃はそう口にするが、どんなに言葉で伝えようとしても足りない気がした。際限なく愛が溢《あふ》れ高揚していく。

「……しようか？」

千秋も同じ気持ちだったのかもしれない。服の上からそっと胸に触れられる。

下腹部へと、すでに硬度を増した雄棒をぐいと押し付けられた。

文乃の心は、欲情して色気を放つ瞳に囚われる。それだけで胎内がきゅんとした。

（千秋さんに見つめられるだけで、感じるなんて）

千秋の手のひらは、優しくふくらみを揉《も》みしだく。

(嫌ではない……嫌ではないけれど)

「でもまだ体調が……」

しかし文乃の返事などお構いなしだった。千秋はマスクを下げにやりとする。

「もうすっかり元気だ」

布団の中に潜り込むと、素早く文乃のジーンズと下着を下ろし茂みに顔を埋めてしまった。

「ひ……、ぁん、っ」

ぬるりと湿ったものが秘所を這《は》った。

敏感な場所への刺激に文乃は思わず声をあげる。

「ぁ、……だ、だめ」

「昨夜の仕返しだよ」

布団の中からくぐもった声が聞こえる。

「や、ぁ……、ふ、ぅん、っ……」

唇で蕾を挟まれ軽く吸われた。文乃はびくんと身体を跳ねさせる。

「っ、あ……、ぁっ――ん」

千秋の舌の動きに文乃の嬌声は止まらない。舌先で花弁を割られ舐《な》め回される。舌を蜜口に押し込まれ、抜き挿しされるうちに、とうとう激しい快楽の波が押し寄せてきた。

「ち、千秋さん……、や、っ……」

波に攫《さら》われないよう、文乃はシーツを掴んだ。

(だめ……もう……私……)

せり上がってくる悦楽にガクガクと脚が震える。やがて布団が剥《は》ぎ取られ、股の間に千秋の頭が見えた。びちゃびちゃと、いやらしい音が聞こえる。それを恥ずかしいと思う余裕もない。

「……ぁ、ぁあ、ん、っ……」

(き……気持ちい、い……)

じゅう、と蕾をきつめに吸われた途端、文乃の体内で悦が弾ける。

「はぁ、ぁっ……、あぁぁっ……!」

びくびくと全身が痙攣《けいれん》し、怯えるように文乃は千秋の腕に手を伸ばす。

千秋は文乃と指を絡めながら、溢《あふ》れる愛液をすすった。

「は、ぁあ、んっ……」

文乃の頬を涙が伝う。震えは一向に止まらず、感じ続けるしかなかった。

「……文乃、良かった?」

千秋の問いかけに答えるように、繋いだ手に力を込めた。

(あっという間……感じやすくなってる……)

呆けた頭で文乃はそんなことを思っていた。

「少しは満足したみたいだな」

言いながら千秋はベルトを外し、ズボンのファスナーを下ろした。

すると、下着の中で膨張し、窮屈そうにしている雄槍の形が目に入る。

（もう、あんなに……大きい……）

千秋は速やかに下着を脱いだ。張り詰めた漲《みなぎ》りは反り返っている。文乃は猛々しい千秋の欲望に顔を覆いそうになった。

「文乃……」

先端がたっぷり濡れた割れ目に触れた時だった。タイミング悪く、文乃のスマホのアラームが鳴る。

「……あっ、い、行かないと」

「えっ、『さくらや』？」

慌てながらも千秋はじわりと腰を進める。鈴口が媚壁を押し広げた。

（すごく、気持ちいい……もっと、奥に来て）

甘い刺激に応えるように文乃は千秋の背中に手を回した。

「んんっ……、早番なんです」

さらに千秋は文乃の中に潜る。重量感に圧倒される。

（ああ、焦《じ》れったい……もっと、激しくして）

「あと、どのくらい時間ある？」

正直なところ今すぐに準備しなくては間に合わない。

（だけど五分くらいなら……やっぱり五分じゃ物足りない）

さらに、腰を押し付けられ中が震え始める。千秋の熱が脈を打ち一段と膨張した。

「あっ……、じゅ、十分くらいなら……」

「十分……、いや、止まらなくなりそうだ」

ところが、千秋は二、三度腰を前後させると諦めたかのように自身を引き抜いた。

「……んっ」

なんとも言えない寂しさが身体に残り、文乃は千秋からなかなか手を離せなかった。

（もっと一緒にいたい……ずっと繋がっていたい）

やめないで……、喉元まで出かかった。しかし『さくらや』のお客様が待っていると思い直す。

（しっかりしないと……！）

女将《おかみ》の仕事をないがしろにはできないと、文乃は気持ちを切り替えた。

すると、慰めるように千秋の手のひらが優しく文乃の頭を撫でる。

「続きは、今夜ゆっくり」

「はい、今夜……」

（大丈夫。千秋さんとはいつでも愛し合えるから……）

文乃と千秋は夜を楽しみにホテルを出たが、二人の思いは遂げられなかった。

その後、当日になって体調不良で休みを取った仲居に代わり、文乃はラストまで仕事をすることになった。

マンションに帰った時にはくたくたで、シャワーを浴びて千秋を待っていたはずがいつの間にか眠ってしまった。

深夜に帰宅した千秋は、疲れて眠る文乃を起こしはしなかった。

そっと隣で眠り、翌日は早朝から会議のため、文乃より先に起きて部屋を出た。村瀬のことも、当初の厳重注意で手打ちにする予定を取りやめ、速やかかつ徹底的に対応する方針に切り替えたらしい。村瀬には金を無心する恋人がおり、文乃と自身を比較して恨んだのだと、正式に名誉棄損で訴えた際に白状したそうだ。

そんな諸事情で忙しい日々が続き、二人の甘い夜はなかなか訪れなかった。


すれ違いの新婚生活に、文乃もさすがに辛くなってきた。

（千秋さんとの時間がほしい……）

ところが、悶々《もんもん》とした日々を過ごしながらも女将《おかみ》業を頑張る文乃に、サプライズのご褒美が与えられた。

「今日から女将《おかみ》は夏休みだ」

「ええっ？」

風間常務、つまり千秋の一声で急遽《きゅうきょ》決まった夏季休暇だ。文乃と千秋は南の島へやってきた。

それは延び延びになっていた新婚旅行だった。

ただし、目の前に広がる美しいビーチに行くことはない。二人は風間が所有するハイエンドコンドミニアムでほぼ一日を過ごしていた。

「これで仕事に邪魔されずに済む」

千秋は満足げにそう言った。

外食もショッピングもしない。お腹《なか》が空けば食事を作り、それ以外はひたすら抱き合った。

しかも料理をするのは主に千秋だ。子供の頃に母親から仕込まれたようで、文乃よりも手際よく美味しい食事を作ってくれた。

「料理だけじゃなく、掃除や洗濯ももしかすると文乃より得意かもな」

千秋は控えめに告白する。

節約家ゆえにハウスキーパーも積極的に利用できないうえ、睡眠時間を削ってまで仕事と家事を両立しようとする真面目な文乃である。

千秋もどこまで口出しすべきか迷っていたようだ。

「共働きだから、これからは家事も半分ずつで。家事分担くらい今どきは普通だろ?」

「はい。半分ずつで」

そんな千秋の提案を文乃はありがたく受け入れた。

リビングには真紅のバラが飾られている。テーブルには山盛りのフルーツや高級チョコレートがまだたっぷりとある。

ベッドルームは重厚感のあるインテリアが落ち着いた雰囲気を醸し出していた。間接照明だけがぼんやりと灯っている。

ぎしとベッドが軋《きし》む音がした。

薄明かりの中、シルクのベビードールを着た文乃は、全裸の千秋のキスを身体中に浴びていると
ころだ。

「文乃……」

キスの合間に名前を呼ばれ身体が甘く疼《うず》く。

千秋の唇が触れ、肩がひりっとする。

昼にプライベートプールで泳いだ時、少し日焼けしたのかもしれないと文乃は思う。

水の中でもたっぷり愛されてしまった。

（……あんな感覚、はじめてだった）

水着をずらされ埋められた熱を思い出し身体が火照《ほて》る。

その後のシャワールームでも、後ろから激しく突き上げられ全身を震わせた。

（少しも手加減してくれない……）

何度も訪れる絶頂に文乃の身体はもう蕩《とろ》けきっている。

しかし、千秋の欲望は少しも鎮まることはない。

文乃が纏《まと》うセクシーなランジェリーによって再び火が付いたようだった。

繊細なレースの部分を千秋の舌が何度もなぞる。

さらにシルクの布の上から、ふくらみにキスをする。焦《じ》らすように中心を避けながら、唐突に先
端を布ごと口に含む。

「んっ……、や、んっ……」

その度《たび》に文乃は身を捩《よじ》らせる。

カーテンの引かれていない窓。

テラスの向こうには夜の海。

(ビーチから覗かれてしまうかもしれない)

危険で恥ずかしい、そんな思いがさらに興奮を高める。

まだ触れられていないのに、下着が濡れた感触がしてドキリとした。

「文乃、愛してる」

リップ音とともにキスが唇に落ちてくる。

文乃は逃さないように吸い付いた。

(私も愛している……千秋さんが大好き)

文乃は千秋と触れ合う時間が何より幸せだった。

(ずっとこの幸せが続きますように……)

文乃が舌を絡めると千秋が強く抱き返してきた。

もう数え切れないほどのキスをしたけれど何度しても飽き足りないと文乃は思う。

「はあっ……、千秋さん、もっと」

少しの時間も離れていたくなくて、もっとキスを浴びせてほしいとねだった。

「また欲張りになったな」

「そんな……」

（私をこんな風にしたのは千秋さんなのに）

やっぱり千秋は意地悪だと思いながら、頬を上気させた文乃は吐息を漏らす。

「お望み通りいくらでもしてやるよ」

千秋は文乃に口づけ、ベビードールのリボンを解いた。

シルクの布は左右につるりと滑り落ち、既にぴんと先端を尖らせたふくらみが露《あら》わになる。

文乃はそれを隠すようなことはしない。

むしろ早く触れてほしいと待ち焦がれる。

しかしすぐには触れてもらえなかった。

千秋は半身を起こすとじっと文乃を見下ろしている。

ところどころ赤い花が散り、愛撫に焦がれて艶めく肌を眺めていた。

「……早く」

（もっと、強く感じさせて……昼間と同じくらい激しくして）

文乃はもどかしくなってしまった。

「綺麗で、なんだか勿体なくて」

散々抱いておきながら千秋は平然とそんなことを言う。

（勿体ないなんて……）

とっくに全てを味わいつくしているのにと、悲しくもないのにじわりと涙が滲んだ。

膣内にじくじくした熱を感じる。

（我慢できない……）

文乃はそれだけ千秋を求めていたのだろう。ぽろぽろと涙が溢《あふ》れた。

「……文乃、可愛い、俺の文乃」

やがて千秋の手のひらはふくらみをすくい上げやわやわと揉《も》みしだく。

指は先端を絶え間なく撫でている。もう片方のふくらみは強く吸われた。

「……ぁあ、あ、んっ……」

甘ったるい声が漏れるのも気にならない。文乃は衝動のままに腰を揺らした。

突如、鋭い刺激が襲った。

「……や、っ……、ぁあ……っ！」

立ち上がった先端に軽く歯を立てられ、文乃は脚をびくびくと震わせた。

「痛い？」

「っ、……や、ぁっ」

気遣うようなことを言いながら、千秋の指はまだ乳頭を執拗《しつよう》に弄《もてあそ》び続ける。

足の付け根の間が疼《うず》くのに文乃は必死で耐えていた。

「抱くたびに、どんどん色っぽくなっていく。たまらない」

再び唇にキスが落ちる。すぐさま千秋の舌は口内に侵入し、上顎や歯列をなぞった。舌先を舐《な》められ吸い上げられ、ぞくぞくする。

（すごく……気持ちいい……）

文乃は繰り返されるキスに夢中になり、さらに千秋の胸板に擦《こす》られ乳首がじんじんするのを感じていた。

「……や、ぁ……っ」

それに気づいたのか千秋の指が、硬くなった先端を軽く弾いた。

「素直な身体だな」

そう言って、千秋は口元を拭《ぬぐ》った。顔はするすると胸元へ下り、乳輪ごと咥《くわ》える。

「ふ、ぁっ……、あ、んっ……」

千秋は口のなかで器用に先端を転がした。

もう片方のふくらみは絞るように揉《も》みしだかれている。左右の胸を交互に舐《な》められ吸われ、とうとう文乃は戦慄《おのの》いた。

「ああぁっ！」

「文乃のここ可愛い。赤く尖ってる」

千秋はふくらみに頬を寄せ、文乃に見せつけるように横から先端を舐《な》めた。

「ん、ふっ……あっ……やっ……だめ、ぇ……っ」

(まだ、早い……もう少し待って)

文乃は枕を握りしめ、昇り詰めようとする快感に耐えていた。

千秋はふくらみへの愛撫を続けながら、ショーツを脱がせていく。

足首を持ち上げた手はやがて、ふくらはぎをさすり太腿《ふともも》を撫でて茂みに分け入ってきた。

「やっ……」

「もうこんなに……ぐっしょりだ」

千秋はさらっとたった一度だけ割れ目を撫であげて言った。

「ふぁ……、ぁあ、んっ……」

たらたらと蜜が溢《あふ》れ伝っているのを文乃も感じていた。

千秋は文乃の膝に手を当て両脚を開かせる。

「すごいな……どんどん溢《あふ》れてくる」

ひくつく蜜口を眺めて、千秋は口の端を上げた。恥ずかしさのあまり、文乃は膝を閉じようとする。

「や……だめ、そんなに、見ないで……っ……」

「嫌じゃないだろう？　ほら、開いて」

注がれる視線を感じ、抵抗など無意味だと諦める。

（もう知られているのに……）

文乃はゆっくりと自ら脚を開き、千秋の前に曝け出した。

濡れた秘所を見つめながら、千秋は足首から内股までを舐《な》め上げる。まだ焼けていない内側の白い肌をきつく吸い、赤い花びらを散らす。

「は、ぁっ……」

焦《じ》らされると余計に蜜が滴《したた》ってしまう。千秋はそうなるのを、最初から待っていたのかもしれない。

「腰、いやらしく揺れてる」

「お、お願い……」

いじめないでと文乃は泣きそうな気持ちになる。

千秋の顔が下腹部へと沈み込む。ぬめった舌がやっと秘所を舐《な》めあげた。

「ひゃ、あんっ……!」

とめどなく溢《あふ》れる愛液を、千秋はじゅるじゅると音を立てて吸い取った。舌は割れ目を味わい尽くすように何度も往復する。

「……やぁ、っ……、ぁああ、んっ……」

狂おしいほどの悦楽に怯えながら、文乃は喘ぎ続けた。

やがて茂みからぷっくりと膨らんだ蕾が顔を出したのだろう。千秋は丁寧に皮を剥《む》き、熟れた実に舌先を押し付ける。弱いところを刺激され、文乃は身体をしならせた。

「ふぁ、ぁ、あ——っ……!」

「可愛い。どんどん溢《あふ》れてくる」

千秋はちゅうと音を立てて花芯を吸った。

「ひゃ、あ、んっ……だ、だめぇ……っ!」

(もう……、我慢、できない……)

文乃は腰を揺らしながら、シーツを掴んだ。

「っ……、お、おかしくなる……っ」

「気にするな。俺のことだけ考えろ」

小刻みに蕾を刺激され太腿《ふともも》が痙攣《けいれん》しはじめる。

蜜壺に指が挿し込まれ、中を広げられながら壁を擦《こす》られた。

千秋の指を締め付け、蜜口はひくひくと震える。

「だ、だめぇ、っ、ぁあっ……！」

千秋は花芽を執拗《しつよう》に扱《しご》いた。指で媚壁は抉《えぐ》られ、絶え間ない快感に襲われる。

(奥から、溢《あふ》れてくる……)

せりあがってくる快感をもう文乃は止められなかった。蕾を強く押し付けられた時、びくんと腰が跳ね、しゅっと透明な水が秘所から飛び散った。

「や、ぁああっ……！」

頭の中が真っ白になる。

「ぁ……や……っ、やぁ……っ……」

文乃は自分がどうなったのか分からずに、恥ずかしさと悦楽に身を捩《よじ》らせた。

「驚いた？　大丈夫。感じるとこうなるんだ。俺は嬉しいよ」

千秋は優しく文乃を抱き締めた。

(私、どうなったの……？)

混乱している間にも、蜜口からどんどん愛液が溢《あふ》れる。

「は、離して、千秋さんまで汚れる……」

文乃は涙声になって千秋の胸を押し返す。

「だったら、一緒に綺麗になろうか？」

「え……？」

呆然としながら、文乃は千秋を見上げた。

「俺に掴まって」

腕を掴まれ千秋の肩に回される。あっ、と思った瞬間、千秋は軽々と文乃の身体を抱き上げていた。

「千秋さん……？」

千秋は文乃を横抱きにしたまま、バスルームへ向かった。すでに湯の張られたバスタブへ、抱かれたまま浸けられる。

「……ひゃっ！」

文乃はジェットバスで、千秋の膝に乗っていた。ドキドキしながら視線を動かす。

（あ、綺麗……）

バスルームの窓からは寝室と同じように夜の海が見えた。

優しく抱き締められ、こめかみにキスを落とされる。

（千秋さん……好き……）

いつしか心は穏やかになっていた。

「いい香り……」

「だろう？」

文乃を見つめて、千秋が微笑む。

漂う甘い香りは薔薇だ。リビングのしおれかけた薔薇を湯船に浮かせ、フラワーバスにしたようだ。

「文乃……もっと、愛し合おうか？」

千秋はそう言うと、唇を寄せてきた。

「……っ、ん、ふぅ、んっ……」

濃厚なキスに頭がぼんやりとする。ざらとした感触が歯茎を這《は》った。上顎を舐《な》められると、子宮が甘く疼《うず》く。

（はぁ……気持ちいい）

千秋の舌に口内を掻《か》き回され、文乃はうっとりした。

（もっと、もっと）

ねだるように腰を動かし、千秋の手を引いて胸に乗せる。

（私、大胆になってる……）

文乃は欲情し続ける身体に戸惑いつつも、千秋を求め続けた。

千秋の手のひらが文乃の胸のふくらみを持ち上げる。先端を掠《かす》めながら柔肌は捏《こ》ね回された。

「……はぁ……っ」

胸が震わされるたび、たぷたぷと湯船も揺れていた。

片方の手は、ふくらみを離れ下腹部へと下がってくる。

ゆるゆると花弁を撫でたあと、骨ばった指がつぷんと膣口に突き刺さる。

「ふぅ……、んっ……」

唇の隙間から声が漏れる。

（また来そう……すぐに来ちゃう……）

抜き挿しされる指を逃さないよう咥《くわ》え込み、媚肉はいやらしく千秋の指に絡みついた。

弱いところを容易《たやす》く探《さぐ》り当てると、集中的に擦りあげる。

「はぁ……んっ……ぁあ、ん……」

千秋の指は知り尽くしたように、的確に文乃の身体に刺激を与えた。

望む通りに指の腹で優しく撫でられ、文乃はすっかり悦楽に浸る。

「や……ひゃ、ぁあ、んっ……」

油断しているところで強く擦《こす》られ思わず腰を浮かした。タイミングを狙い定めたように、花芽をぐりと押し込まれ、たまらず肉壁は収縮する。

「ふぅ……ぅんっ……、ぁ、んんっ！」

ざぶざぶと湯船を揺らしながら、文乃は身体を跳ねさせた。全身を電流のようなものが走り抜けていく。

（私、また……こんなに感じて……）

唇から溢《あふ》れた唾液を千秋が啜《すす》る。泣きたくなるほどの快感を何度も与えられ、文乃の身体はどんどん敏感になっていく。

（ずっと……感じ続けてる……）

指を抜かれ唇を解かれたところで、文乃は大きく息を吐いた。

「ち……、千秋さん……」

瞳を潤ませ、文乃は肩で息をした。千秋に腰を引き寄せられる。

「こっち向いて」

優しく顎《あご》に手が添えられ、軽く口付けられる。相変わらず蜜洞は、蜜を溢《あふ》れさせ震えていた。

触れるだけの優しいキスが徐々に深くなっていく。きゅうきゅうと子宮が啼《な》いていた。

（もっと触れて……もっと激しくして……）

これじゃ足りないと文乃は焦《じ》れったくなる。

キスが止み、千秋が耳元で言った。

「文乃、触って」

千秋はそっと文乃の手を取ると、自身へと触れさせる。

（熱くて……硬い……）

千秋も同じように感じているのだと思うと心が満たされた。勃ちあがった雄槍を握り、文乃は夢中で擦った。

「ふぅ……っ、くっ……」

千秋が呻《うめ》き声を漏らす。

嬉しくなってさらに激しく手を動かす。千秋が熱い眼差しを文乃に向けてきた。

「……文乃、これが、ほしいだろ？」

甘ったるい声だった。文乃の手の中で、漲《みなぎ》りは苦しそうなほど張り詰めている。

「っ……、文乃のここに、自分で挿《い》れて」

文乃の秘部へと鈴口が押し当てられた。

「は、……はい」

(千秋さんを、もっと気持ちよくしてあげたい……)

水の抵抗を受けながら、文乃はじわりと腰を沈めた。先端が蜜口を押し広げる。

「ふぅ、ぁっ……あ、ん……っ……！」

肉壁を笠に擦《こす》られる心地よさに、甘い吐息が漏れた。感じて震えながら、文乃はゆっくりと千秋を飲み込んでいく。

「上手だ、文乃……ふぅ……だけど」

千秋は苦しげに顔をしかめ、文乃のお尻を掴むと強く引き寄せた。

「もっと、奥までだ」

「っ……は、ぁ……あぁ、ん！」

熱を孕《はら》んだ雄棒が一気に身体を貫く。

あまりの刺激に、文乃はたまらず腰を逃そうとしたが、千秋に抱き込まれてどうにもならない。

「ぁ、あっ……やぁ……っ、ち……あき、さ……」

それどころか、肉棒は文乃を荒々しく突き上げてきた。抉《えぐ》られた媚肉は激しく収斂《しゅうれん》する。

「はぁ……ん……っ……」

湯の中で結合部が擦れ合っている。湯気に包まれて意識はぼんやりしていく。

(気が遠くなる……)

現実に連れ戻すかのように、千秋は腰を打ち付けながら蕾を抓《つね》る。

「あぁ、ん……そこ、やっ……だ……だめ……ぇ……っ」

「また締まったな……ふぅ……っ」

「はぁ……んっ……!」

文乃が身を捩《よじ》ると、湯を掻《か》き分けてふくらみが揺れた。

「気持ちいいか？　もっとよくしてやる」

再び乳頭は口に含まれ、舐《な》め回される。雄槍で膣壁を擦り、指先は花芽を弄《もてあそ》んだ。あらゆる刺激に、文乃は悶え、涙を浮かべる。

身体をぶつけあうたびに、水面に波が起き、湯が飛び跳ねた。

「っ……や、ぁ……んっ……はぅ……っ……」

身体に響く振動に誘われ、何度目かの大波がやってこようとした時だ。

「まだ、終わらせない」

千秋の律動がぴたりと止まった。

「どうして……」

（どうして止めてしまうの……もう少しだったのに……）

疼《うず》く身体を持て余し、文乃は千秋をとろんとした目で見つめ返す。

千秋は優しく文乃の頭を撫で、何度もキスを落とした。

「今度は自分で動いて。文乃が気持ちいいように動くんだ」

（今度は……私の番……）

文乃は小さく頷くと、乳房を揺らしながら腰を上下させ始めた。

「ん……っ……ふぅ……っ……」

最初は遠慮がちだった腰の動きは、やがて大胆に淫《みだ》らになっていく。千秋を締め付け擦り上げながら、本能のままに激しく腰を揺らした。

「……は、ぁ……っ……」

「いいぞ……文乃……」

長い髪が乱れて顔にかかる。文乃はまとわりつく髪を掻《か》き上げた。

「文乃……、すごく、綺麗だ……」

文乃の艶《なま》めかしい様子を、千秋は恍惚《こうこつ》とした表情を浮かべて眺めている。なめらかな腰やお尻の辺りをさすりながら、貪欲に快感を求める文乃に満足しているようだった。

「イキたかったら、イッていいから」

「……ん、で、でも」

文乃は一人で達することができるか自信がなかった。感じ続けてはいるがまだ何かが足りない。腰を上下するだけでなく、ぐるりと回し左右に振り、色んな場所に当てているのに分からない。

(分からない……)

自分の身体なのに、どうすればあの快楽に到達できるのかが分からなかった。

「どうした？」

「お、お願い……、もっと千秋さんがほしいの」

素直な文乃に、千秋は「いい子だ」とキスをする。そして文乃が望んだように、ガツと豪快に腰を打ち付けた。

「ふ、ぁ……ぁぁあっ……！」

ずんと奥に熱がぶつかる。ぐりぐりと押し付けられ脚が震えだす。

文乃は千秋に抱きついて、激しい抽挿を受け止めた。

「ひ、ぁあ……、あ、ん……っ……」

何度も突き上げられる。水面はさらに波を大きくする。

「ここ？　それともここがいい？」

「あっ……、そこ……、気持ちい、い…………っ、ぁあっ、は、ぁ、んっ」

感じるところを探《さぐ》り当てられ、文乃は泣きそうになる。

(感じすぎて苦しいくらい……だけどもっとほしい)

気持ちのいい場所を丁寧に何度も笠で抉《えぐ》られ、蜜壁がびくびくと震えた。

「っ……はぅ、ん……ち、千秋さ……ん……」

気を抜いたらすぐに達してしまいそうで、文乃は口を引き結んだ。

「可愛いよ、文乃。もう我慢しなくていいから」

千秋は繋がったままの身体を抱き上げ、ざぶんと湯から出る。

ジェットバスの縁に文乃を座らせ両膝を開かせた。

「好きだ、文乃。愛してるよ」

（千秋さん……私も……私も愛してる）

深い口付けを受けながら、円を描くように腰を押し付けられる。ぎりぎりまで引き抜かれた熱が再び打ち付けられる。

「ふぅ……っ、んん、っ……」

雄棒が壁を擦って出入りするたびに、体内の熱が高まっていく。

（好き、大好き……愛してる）

千秋への情愛を心の中で叫び続ける。

「う……っ……ん、んンっ……！」

最奥をガツと突き上げられ、文乃は身体をのけぞらせる。逃れられないよう腰を支えられ、何度も穿《うが》たれて目眩を覚えた。

（も、もう……来そう……）

肌が当たる破裂音がバスルームに響く。千秋の律動は徐々に強く激しくなっていった。

文乃は愛されていると感じながら千秋の熱を受け入れる。

（何度も……何度も求められて……幸せ……）

悦《よろこ》び溢《あふ》れ出す愛液が、千秋をさらに奥へと導く。

（私のところへ来て……私の中に触れて……ずっと離さないでいて）

甘く切ない時間の中で、文乃はいつまでも揺られていたいと願った。

「はっ……文乃……すごく、いいよ」

千秋は苦しげで、ひどく色っぽい表情だった。

「やぁ、……あっ、ぁあっ……」

込み上げてくる悦楽に耐えるように、文乃は千秋の首に絡みついた。

「……文乃……っ……くっ……！」

文乃に締め付けられ、千秋が呻《うめ》いた。体内で熱がうねっているようだった。いよいよ弾けてしまいそうだ。千秋の律動はさらに速まっていく。熱塊が媚壁を擦り上げる。

（も……もう、だめ……っ……！）

じわじわと高められた快楽が飛び散って、びくんと身体が跳ねた。

「はぁ――あっ、あぁっ……ぁああっ……！」

文乃は戦慄し、身体を大きく反らす。

凄まじい快感に涙が勝手に頬を伝っていった。

「……文乃っ……！」

千秋の端整な顔が歪むのを見ながら、ぼろぼろと涙を零す。

痙攣《けいれん》する胎内へと欲望が注ぎ込まれるのを感じ文乃は幸せに浸った。

「あ……ぁ……っ」

満たされることでさらに感じた蜜壁は、収斂《しゅうれん》しながら精を搾り取る。

千秋は軽く腰を振り、ありったけの熱を放ったことに満足して大きく息を吐く。

「はぁ……、文乃……最高だ……」

それでも千秋は、自身をまだ引き抜こうとはしなかった。

「……っく」

幸せすぎて涙が止まらない。文乃は千秋を見つめ返すだけで精一杯だった。

「泣き虫だな」

そう言って千秋は文乃を抱き締める。

「千秋さん……、私……」

優しい胸に触れているとさらに涙が溢《あふ》れた。

繋がっているのは身体だけではない。心が一つになったような気がする。文乃は繰り返し思う。

（……信じて良かった）

千秋を思うと、嬉しくてあたたかくて涙は止まらなかった。

（……千秋さんと結婚して良かった）

「私、すごく……幸せです」

「まだだ。もっと幸せにするから、覚悟しろよ？」

唇に首筋に胸元に、千秋はキスを落としていく。

「……んっ、はぁ、っ……」

再び胸をまさぐられ文乃は吐息を漏らした。

（……あ、千秋さん？）

身体の中心で千秋の欲望が再び硬さを取り戻していく。放ったばかりだとは思えないほど文乃の中で昂《たか》ぶっていた。

雄棒に押し広げられた壁が震える。繋がった部分から二人の愛液が溢《あふ》れ出す。

「ち、千秋さん……」

文乃はぎゅっと千秋に抱きついた。

「文乃……もっと」

千秋が耳元に唇を寄せる。余韻に浸る時間はどうやらないようだ。

「……もっと抱かせて」

「……はい」

（……もっと愛して……そして私も……）

甘い囁きに抗えるはずもない。

（千秋さんを、もっと愛したい……）

文乃自身が愛し合うことを望んでいるのだから。

エピローグ

文乃は夢を見ていた。

春空の下、白、水色、黄色、小さな肌着や靴下が風に吹かれてゆらゆら揺れている。

(可愛いね。準備はできてるよ)

すると、返事をするようにお腹《なか》が蠢《うごめ》く。

「…………あ」

体内から振動を感じて、文乃はベッドの上で目を覚ました。

まず目に入ったのはスツールの上、几帳面に畳まれたカラフルな肌着。

これから産まれてくる子供の肌着を水通ししたのは夫の千秋だ。

気の早い千秋は離乳食の試作にも夢中になっている。

(頼りがいのあるパパだね)

マタニティーセミナーでも沐浴《もくよく》やオムツ替えなどで、千秋は優秀さを見せつけていた。

それだけ新しい家族の誕生を心待ちにしているのだと思うと、文乃は幸せな気持ちになれた。

(安心して産まれておいで……パパもママも待ってるからね)

「さて。休憩終わり」

よっこらしょ、と心の中で掛け声をかけて身体を起こす。

「なんだかお腹《なか》すいたね」

文乃はお腹《なか》を撫でながら赤ちゃんに話しかけた。

臨月になるとしばしばお腹《なか》が張るようになり、横になって休みながら一日を過ごした。

ゆったりとした時間は久しぶりだ。特に予定のない日々に最初は戸惑ったものの、入院準備や子供の名前を考えるうちにあっという間に過ぎていった。

文乃は寝室を出てパウダールームで身なりを調《ととの》える。

いつもならぼさぼさ頭でも気にしないけれど今日は千秋が家にいる。

（千秋さんの前では綺麗でいたい）

妊婦である文乃は恋をしていた。しかもそれは初恋だった。

一般的な恋愛結婚とは順序が逆かもしれない。

恋だとはっきり自覚するより前に、結婚して結ばれ、あっという間に子供を授かってしまったのだ。しかも、はじまりは政略結婚だった。

（亡くなったお母さんが知ったら驚くかな）

文乃は、必ずしも普通である必要はないと思う。

（これもひとつの夫婦の形だよね。自分達なりの愛の形……）

どんな形であっても幸せな結婚であることに変わりはない。

「ふぅ」

文乃はお腹《なか》をさすった。

千秋と出会えた優しい世界で、産まれてくる子供をこれから迎える。

「会えるの楽しみだね」

文乃は赤ちゃんに微笑みかける。

前を向き、お腹《なか》を支えながら慎重に廊下を歩いていく。

リビングのドアを開けるといい匂いがした。

「文乃、大丈夫か？」

キッチンカウンターから千秋が顔を覗かせる。

「はい。お腹《なか》すいちゃった」

「座って待ってて。すぐ準備するから」

しばらくすると、千秋はペスカトーレを手にダイニングにやってきた。

テーブルにはアタで編まれたオーバル型のランチョンマットが隣同士に並ぶ。いつも二人は並んで食事をとっているからだ。

「本格的……」

白いパスタ皿に盛られた魚介とトマトソースのパスタは、一瞬で文乃の心を奪っていく。

立派な有頭海老《えび》、芳醇なワインの香り、彩り鮮やかなフレッシュパセリ、漁師風《ペスカトーレ》という名の通りの大衆料理であったことを忘れてしまう豪華さだ。

文乃はいつか自分が振る舞ったトマトソースのパスタを思い出す。

（見た目からしてぜんぜんクオリティが違う！）

家庭料理の域を越えてくる千秋のごはんはいつも美味しい。期待に胸が膨らむ。

すると、パスタに見惚れる文乃を見て千秋が微笑んだ。

「どうぞ召し上がれ」

「いただきます」

文乃は満面の笑みになる。

（……すごく幸せ）

くるくるとフォークにパスタを絡ませ口に運んだ。

魚介の旨味が染み込んだ、程よい酸味のトマトソースにほっぺたが落ちそうになる。

「めちゃくちゃ、美味しいです」

「それはどうも」

千秋は頬杖をついて隣の文乃を眺めていた。

文乃は視線に気づいて千秋を見る。

「千秋さんは食べないの？」

「文乃を見ていたら満足した」

「そんな、勿体ない」

文乃はパスタにたっぷりトマトソースを絡めてフォークに巻き取った。

「一口どうぞ。あーん」

フォークを差し出すと、照れくさそうにしながらも千秋は口をあける。

「うん……、麺の固さは良し」

アルデンテに茹でられたパスタは食感がいい。

「塩味もこんなもんだろ」

千秋は自分の料理を冷静に評価する。

「完璧です。とっても美味しい」

文乃はベタ褒めしてさらにパスタを頬張る。

その様子に千秋は幸せそうに目を細めた。

「味見していい？」

千秋が文乃の顔を覗く。文乃はごくんと呑み込んでから「はい」と返事をする。

再びフォークにパスタを絡めようとすると、千秋に手を掴まれた。

「そっちじゃなくて」

「………！」

文乃の唇に軽いキスが舞い降りる。

パスタ皿へそっとフォークを置く。二人の触れ合った手は、互いを求め合うように指を絡める。

「千秋さん……」

「もっと、いい？」

文乃が照れながら頷くと、千秋が唇を寄せてきた。

（お腹《なか》の赤ちゃんが呆れていませんように）

文乃は口付けを受けながら、目を閉じた。

（仲良しの両親だと思ってくれますように）

小さな音を立てながらキスが繰り返される。軽いキスは次第にねっとりとしたものになっていく。

優しく上唇を吸われ、下唇を舌でなぞられた。

心地よさに文乃はうっとりする。

「美味い。だけど、もっと奥まで」

目を開けると、たっぷり文乃を味わおうとする千秋の端整な顔がある。

「食事が冷……」

会話の隙に、するりと舌が口内へ差し込まれた。

「……ん、ンっ、はぁ……」

ゆるゆると舌先で上顎を舐《な》められ文乃は吐息を漏らす。その時だ。

（……い、痛い！）

どうやら、せっかくのペスカトーレが冷めてしまうことに、誰かが腹を立てたらしい。

「ち……、千秋さん、んっ……」

文乃が繋いだ手に力を込めると、さらに貪《むさぼ》られる。

「んっ……、ま、待って」

「……ふぅ、文乃？」

顔をしかめる文乃に気づいて、千秋は唇を解いた。

「お、お腹《なか》の子が、暴れて……」

内側からぼこぼことお腹《なか》を蹴られ文乃は苦笑した。

「腹減ってんだな、こいつも」

千秋も笑いながら文乃のお腹《なか》を撫でた。

（……なんて、幸せなんだろう）

大好きな人と一緒に、新たな生命を迎えられる喜びに心が震える。

（いつまでもこの幸せが続きますように）

守られるだけでなく、文乃自身も家族を支え助けていけるよう強くありたいと思った。

そのためにもきっと愛は必要だ。

文乃はもう少しだけ待ってと、心の中でお腹《なか》の赤ちゃんに伝える。

「千秋さん、ひとつお願いがあります」

「ん？　何？」

「赤ちゃんが産まれても、たくさんキスして下さいね」

「それは、勿論」

千秋は照れながらも微笑む。

文乃もそれを受けて笑った。

再び唇に優しいキスが落ち、さらに抱き締められる。

「文乃、愛してる」

「私も、愛してます」

産まれてくる我が子がヤキモチを焼くくらい、もっと千秋に恋をしようと文乃は思った。

(千秋さんが、大好き……愛してる)

まだ恋は続いていた。愛もすくすくと育っていた。

窓の外には五月の柔らかな風と眩しい日差し。

未来を祝福しているかのように煌《きら》めいている。

温かな胸の中、文乃は泣きたくなるほどの幸せを感じてゆっくりと目を伏せた。

番外編　この度《たび》、愛する人を妻にしまして。

ベッドの隣で妻はやすらかな寝息を立てていた。

妻の寝顔を見守りながら、夫——風間千秋はこの幸せを手に入れるまでを振り返る。


しとしとと小雨の夜だった。

「常務、傘をお持ちします」

「すぐそこだから大丈夫です」

千秋は運転手の申し出を断って社用車を降りた。

東京下町にある老舗《しにせ》料亭『さくらや』の門をくぐり、石畳の小路を足早に進んでいく。

あの人はまだいるだろうか。

早番でなければいいけれど。

柄にもなく、千秋は初めて片思いというものを味わっていた。相手は馴染みの料亭の女将《おかみ》だ。

女将《おかみ》の勤務体制が早番・遅番・終日とその日によって違うことに、通い始めて半年ほどで千秋は気づいた。

つまり今夜も、仕事にかこつけて『さくらや』の女将《おかみ》・佐倉文乃に会いに来ている。千秋はすっかり文乃に夢中だった。

女将《おかみ》と言っても若い女性だ。経営者の一人娘で、亡くなった母親のあとを継ぎ、学生時代から健気に店の手伝いをしてきたと聞いている。

玄関に入ると檜《ひのき》の香りが漂った。

「いらっしゃいませ」

いつものように文乃は膝をついて待っている。落ち着いた雰囲気なので、もしかすると年上かもしれないと思っていた。二歳年下だと知ったのは、もう少し後のことだ。

「こんばんは」

「お連れの方は藤の間で風間様をお待ちです」

文乃が「風間様」と呼んだのは風間千秋のことではない。

風間ホールディングスの社員様、という意味である。

千秋が己の身分や立場を語ったことはない。しかし知られているのかもしれないとも思う。千秋の祖父の代から贔屓《ひいき》にしている料亭だ。

知っていたとして、社長の息子の中で自分だけが『愛人の子』であるという事情に、興味を持ってほしくなかった。

知られていなければいい。

取るに足らない客の一人だと思っていてほしい。

千秋は凛《りん》とした文乃を盗み見る。薄紅の地に小花を散らした着物が優美だった。

「風間様、失礼致します」

文乃は千秋の側まで来ると、ジャケットの肩の辺りを手ぬぐいで拭《ぬぐ》った。

千秋は驚いて思わず身を引いた。

「あ、すみません。濡れていたので」

「いや、ありがとうございます」

間近で見る文乃の肌は予想以上に白く瑞々《みずみず》しかった。薄化粧のせいか地味に見えるが素材はいい。

特に、意志を持った勝ち気な目元がいい、と千秋は思った。

「額にも雫が……」

文乃がつま先立ちして手ぬぐいを顔に当ててきた。

さらに距離が近づいて千秋は動揺する。

「……あっ」

目と目が合った瞬間、文乃の頬が赤く染まった気がした。

まさか、と思う。こんなことで恥じらうほど初《うぶ》ではないはずだ。

計算だったなら油断できないと思った。

文乃の足元がぐらりとし、千秋が身体を支える。

文乃からなんとも言えない良い香りがした。

二人きりであれば首筋に吸い付いていたかもしれない。

千秋は文乃の色香に当てられて時間を忘れた。
「あ、あの、風間様、失礼致しました」
文乃が腕の中で身を捩《よじ》ったので力を緩める。
すると文乃はさっと身体を離し後退《あとずさ》った。
「お部屋まで仲居が案内致しますので、少々お待ち下さいませ」
「……ありがとう」
さすが『さくらや』の女将《おかみ》だ。
色気といい、気の惹き方といい、男心を上手にくすぐる。
それが計算だとしても、千秋はすっかり心を持っていかれてしまった。
あの様子では旦那《パトロン》の一人や二人既にいるのかもしれない。
他の男に組み敷かれている文乃を想像して苛立った。
料亭にはいくらでも上流の客が来る。自分のことなど眼中にもないだろう。
だとしてもこちらを振り向かせたい。
できることなら触れてみたい。
どうにかして抱きたい。
これほどの執着は初めてで、千秋は戸惑う。
千秋は文乃を手に入れるためなら、どんな手段でも使うとその夜決心した。

また別の日も、千秋は『さくらや』を訪れていた。

さほど重要な相手でもないのに、わざわざ『さくらや』に予約を入れたのは、文乃に会うためだ。会食の相手は、父親の知人である会社経営者の牧野《まきの》だった。しかし、千秋に有益な情報をもたらしてくれるような人物ではない。父親の顔を立てるだけだ、と割り切っていた。

ところが、すぐにその判断を後悔することになる。

よく知らない人間を『さくらや』に連れて行くべきではなかった。たとえ、文乃に会う口実がほしかったとしても。

「若い女将《おかみ》の肌は綺麗だなぁ」

あろうことか、牧野は泥酔し、女将《おかみ》の文乃に襲いかかろうとしていた。白髪交じりの牧野は、娘ほど年の離れた文乃を廊下の壁へと追いやり、抱きつこうと腕を伸ばす。

なかなか食事の席に戻らない牧野を探していて、千秋はその場面に遭遇した。

「いい加減にしろ」

軽く腕を捻《ひね》り上げただけで、大袈裟に牧野は叫んだ。小者ぶりに千秋はさらに呆れる。

その傍らで、文乃はひどく怯えて縮こまっていた。

いつも落ち着いていて余裕さえ感じる文乃が、顔を赤くしたり青くしたりしながら、男を見て震えている。瞳には涙が浮かんでいた。よほど恐ろしかったのだろう。

千秋の目には、そんな文乃が男を知らない少女のように映った。

だったらなおさら、何もなくて良かったと心から思う。

もし本当に、あの白い肌に誰も触れたことがないのだとしたら——そこで千秋の独占欲に火がついた。

俺が最初の男になりたい。

いや……、俺以外の男に触れさせたくない。

文乃を俺だけのものにしたい。

そうするためにも、急がなければならないと千秋は思う。文乃を誰かに奪われては大変だ。

「後は俺に任せて、あなたは行って下さい」

「で、でも」

「早く」

「……はい。ありがとうございます」

冷静さを取り戻した文乃を見て千秋は考える。

独り占めしたいから結婚してくれだなんて、笑われるだろうか。

真面目に口説いたところで、自分はただの馴染み客でしかない。あしらわれるに決まっている。

そもそも、自分ばかりが文乃を愛しすぎている。

癪《しゃく》に障るな。

もっと俺のことを気にかけてくれればいいのに。

どうすれば心も俺のものになる？

たとえば、逆に冷たくしたら、どんな反応をするだろう？

愛していないふりをして抱いたら、どんな顔をするだろう？　文乃の切ない表情を想像して、どきりとする。すると、ますます文乃がほしくてたまらなくなった。手に入れるなら一刻も早くと腹を決める。

千秋は、牧野をしっかり諌《いさ》めたあと、後日改めて『さくらや』の経営者であり板長の善治郎に謝罪に行った。もちろん、千秋の目的はそれだけではなかった。

「文乃さんと『さくらや』を私に下さい」

善治郎が驚いたのは言うまでもない。

「どういう意味だ？」

善治郎に凄まれるのも、千秋にすれば想定内だった。

「我が社に『さくらや』を委ねていただければ現在積み上がっている負債を返済するだけでなく、世界のブランドへと成長させてみせます」

「世界のブランド？　そんなもんには興味はねえが、店のことなら信用する風間さんに任せてもいい。ただし、娘はやれないな」

千秋にすれば『さくらや』の買収は、文乃と結婚するための手段である。しかし、善治郎を懐《かい》柔《じゅう》するのは容易ではなさそうだ。

「私も風間の人間です。私のことも信用して下さい。必ず、文乃さんを幸せにいたします」

「あなたが、俺の思う立派な風間の人間なら、娘を嫁に出してもいい」

「…………」

俺は、立派な風間の人間だろうか。

偶然にも善治郎の言葉は、千秋の唯一のコンプレックスを探《さぐ》り当てていた。

「……必ず、幸せにします」

千秋は、善治郎に頭を下げる。

そして善治郎から顔が見えなくなったところで、歯を食いしばった。

自分が愛人の子であることは、今の善治郎には話せない。出生について知られれば、ますます文乃との結婚を反対されるだろう。

自分の努力の及ばないところで判断されるなど、千秋にとって理不尽でしかなかった。

§

家庭環境が周囲の友達と異なることに、千秋が気づいたのは小学生の頃だ。その当時、千秋は一度だけ、母親に訊《き》いたことがある。

「どうして、僕にはお父さんがいないの？」

「いるわよ。今は会えないだけ」

「お父さんに会いたい」

「私だって会いたいわよ」

母親はそれだけ言うと仕事に出かけてしまった。

千秋の休日はいつも、広いマンションでお手伝いさんや家庭教師という他人と過ごすだけの、つまらないものだった。

(俺の人生が変わったのは中学校に上がってからだ)

父親に会いたいという千秋の願いは、唐突に叶えられることになる。

学業が優秀な千秋を引き取って育てたいと、父親が申し出たためだ。

「行きたければ、行けばいいわ」

母親が言い、あっさりと千秋は父親のもとで暮らすことになった。

その裏で母親が涙を流していても、当時の千秋に理解できるはずがなかった。

たった一人で、しかも働きながら、子供を産み育てていくのは並大抵のことではない。母親が苦労しただろうことは、千秋にも想像できた。

(母さんはじゅうぶん頑張った)

素直に父親の申し出を受け入れた一番の理由はそこにある。もう子育てから解放されてもいいはずだ、好きな仕事だけをさせてやりたいと千秋は思ったのだ。

風間の家は予想以上に居心地が良かった。兄達はおおらかで年の離れた弟をよく可愛がった。

義母はそれなりの距離を保ちつつも、千秋の生活を支え尊重してくれた。

(それでも、早く大人になりたかった)

父親を失望させたくない。風間の人間として認められたい。常に周囲を気遣って生きてきた。

千秋の初体験はあっさりとしたものだった。母親の会社は女性用のランジェリーを作っているため、子供の頃から、下着姿の女性は勿論、素っ裸の女性も散々見てきた。

そのせいか、女性に対する妙な期待や妄信はなく、抱く時も冷静だった。相手をそれなりに悦《よろこ》ばせ、欲望を放出することもできる。

(どこか、心は冷めていた気がする)

どんな相手でも、一度抱けばもう満足だった。そんな自分が、と千秋は思う。

「俺以外の誰にも、触らせるな」

妻の文乃を、千秋は背中から抱き締める。

結婚してからの千秋は、独占欲と嫉妬心にまみれ、なおかつその本心をできるだけ隠して、毎晩何度も妻を抱いていた。

善治郎を繰り返し説得し、手に入れた幸福だ。どんなに愛しても足りないくらいだった。

(自分を見失うほど、夢中になる相手がこの世にいるなんて)

日によっては、まだ仕事が残っているというのに、千秋はわざわざ文乃を抱くためだけにマンションへ戻った。その上、ベッドまで待てずにリビングで身体を貪《むさぼ》る。

胸を揉《も》みしだき、耳朶を甘噛みすると、文乃の秘所はすぐにぐっしょりと濡れ、とろとろと蜜を滴《したた》らせた。千秋が文乃の身体を覚えているように、文乃にも千秋が刻み込まれている。

(たまらなく可愛い……)

愛撫に感じて、これまで見せたことのない乱れ方をする文乃が、千秋は愛しくてしょうがなかった。後ろから覗き込むと、ほんのり頬を上気させた色っぽい表情を見せる。

「文乃としたい」

千秋が囁くと、文乃は消え入りそうな声で「はい」と答えた。

文乃も焦《じ》れていたのだと知り、ますます千秋の支配欲は高まった。

蜜口を広げ、先端を触れさせる。

文乃から甘えるような声が聞こえた。

（本当に……可愛い）

狂おしいほどの欲望に歯止めがきかなくなっていく。

細い腰を持ち上げ後ろから一気に貫くと、文乃は嬌声をあげて身体を震わせた。

「ふ、ぁ、ぁあ、っ……！」

もっと声を聞きたくて何度も突き上げる。ぬるぬるとした蜜洞が悦《よろこ》んでいるのを感じ、高揚していった。

余裕を失くした千秋は、激しく腰を打ち付け続ける。肌をぶつけ合う乾いた音や、愛液の泡立つ音が、いやらしく室内に響いた。自分が文乃を乱れさせていると感じるほどに、ますます千秋の興奮は高まっていく。

「も……、もう、だめぇ……」

文乃は啼《な》き叫びながら、肉壁を収縮させた。千秋は腰を押し付け、奥処をめがけ鈴口を突き刺す。

「ひゃ、ぁ……、ぁああ、んっ！」

とうとう文乃は、千秋の漲《みなぎ》りを締め付け絶頂を迎えるのだ。

「文乃……っ、く……」

痙攣《けいれん》しつつも搾り取ろうとする文乃の中へ、思う存分、千秋は熱を注いだ。

(誰にも渡さない。俺だけのものだ。愛してる……)

全て放ったというのに少しも昂《たかぶ》りは収まらない。

(文乃……離したくない……)

際限のない愛情と再び湧き起こる欲望に、千秋は途方に暮れるのだった。

§

文乃への愛は、千秋に様々な影響を与えた。

社用車の後部座席には、千秋と実母の舞子が並んで座っている。珍しいことだった。

愛人という立場で自分を産んだ母親と、千秋は長いこと顔を合わせていなかったからだ。

久しぶりに会った舞子は、息子である千秋の目から見ても相変わらず若々しかった。しかし、言葉の端々に時間の流れを感じずにはいられない。

「千秋のお嫁さんと仲良くしたい。いい姑《しゅうとめ》になるわ」

舞子からすんなりと姑《しゅうとめ》という単語が出てきたことに、千秋は驚いた。

「千秋に子供が産まれたら、私、おばあちゃんになるのね」

気の早い愁《うれ》いごとも楽しそうである。わだかまりを捨て、母親に会えたのも文乃のおかげだと千秋は思う。

「ところで、文乃さんってどんなお嬢さんなの？　どうして結婚しようと思ったの？」

千秋が何も言葉を発しないうちから、矢継ぎ早に質問が飛んだ。しばらく考え、答える。

「文乃は……、俺の人生に意味を与えてくれる人だ」

舞子は首を傾げている。

文乃と出会い、愛し合うことの喜びを知った。ありのままを受け入れてもらい、自分の存在を肯定できるようになった。もう一人ではない。千秋は文乃と歩んでいく未来を思い描き、幸福で満たされる。風間の人間として生きる道を選ばせてくれた母親のおかげだ。

「つまり、俺の今があるのは、母さんの、おかげだ」

「どうしたの？　千秋らしくない」

舞子はくすくすと笑っている。

「とにかく文乃に会ってくれれば、俺の言いたいことは伝わるよ」

照れくさくなった千秋はぶっきらぼうに言う。千秋は母親を連れて、文乃と善治郎のもとへ向かっていた。優秀な秘書のおかげで、墓参りの仏花も忘れていない。

「……文乃みたいだ」

千秋が妻を思うように大事に抱いていたのは、美しい白百合の花だった。

§

思いがけない事件もあったが、千秋と文乃の新婚生活は順調だと言っていい。

それは、春の気配がする三月初旬のことだ。

千秋はある意志を固めていた。

「五月以降のスケジュール調整は、ほぼ完了致しました」

秘書の二宮から役員室で報告を受ける。

千秋はデスクに肘をついて少し考えた。

(あとはなんとかなる……いやなんとかしよう)

その決断が、社内外に波紋を及ぼすことはもちろん理解している。

(まあ、育児休暇を取得するだけだが)

とはいえ、一般社員と違い役員ではまだ前例がない。常務取締役の働き方改革なのである。

「無理のない範囲で構わない。テレワークという手段もあるから」

「いいえ。常務にはしっかりと育児休暇を取得していただきます」

二宮はタブレットPCを千秋の顔に突きつけてきた。

「ご覧下さい。我社のSNSアカウントで常務夫人の妊娠をつぶやいたところ、株価が急上昇致しました」

「……そうらしいな」

千秋は興味なさそうな返事をする。

(それから……ベビーベッドが必要だ)

　これから産まれてくる我が子のことで頭がいっぱいなのだ。

「おそらく、育児休暇を取得していただけば、イクメン後継者としてさらなるイメージアップ間違い無しです」

　力説する二宮の口調は強い。

「ああ……分かった」

　千秋は二宮の圧に耐えられず、椅子ごと後ろに下がった。

「それから、これだけは必ず守って下さい」

　二宮はデスクに手を突いて詰め寄る。

「浮気、不倫、絶対禁止」

「……当然だ」

　そもそもそんな暇はないと千秋は溜息を吐いた。

(出産準備で忙しいんだよ)

　しかし、いずれ子供は産まれてくる。

(……思う存分、文乃を、抱きたい)

　よそ見をする余裕なんかないと千秋は思った。

「ええと、確か」

　二宮がタブレットPCに何やら入力している。

結婚してからというもの、独身時代は進んでやっていた残業が大嫌いになった千秋は、仕事を早く終わらせようとノートPCと向き合った。

「ふむ。そういうことでしたか」

二宮はタブレットを操作しながら何かに納得している。

「どうかしたか？」

「五月の出産予定日から逆算すると受精日は……、まさにハネムーンベイビーですね」

嬉々とする二宮に千秋は呆れた。こんなことに能力を浪費しないでほしい。

「そんなもの、計算するな」

管理したがりの秘書は、常に千秋の行動を見張ろうとする。残業や出張の際は必ず千秋のそばにいた。なんの口出しもせず、ただ見張っているだけなので文句も言いづらい。とにかくスケジュールを管理するのが生きがいらしい。かつての千秋が働けるだけ働き続ける性格だったことも一因かもしれない。

「さすが風間常務です。計画的で無駄がない」

「君は若干、無駄が多いようだ」

「スケジュール管理とは、激務の隙間をこじ開けて『無駄』を楽しむために行うものです」

そうしているうちに退社時間になってしまった。

(残りの仕事は……明日でいいか)

「後は頼む。これから妻を迎えに行く」

千秋は席を立ってジャケットを羽織った。

「お任せ下さい。お疲れさまです」

二宮はにこやかに見送ってくれた。

向かう先は『さくらや』だ。

文乃は大きなお腹《なか》を抱えながら、料亭の女将《おかみ》業を続けている。

接客業はなかなかハードだ。ましてや店は夜の営業もあり時間も不規則である。

妊娠が分かった後、千秋は仕事を休んだほうがいいのではないかと伝えた。しかし文乃は決して首を縦には振らなかった。

「平気です。私がそうしたいんです」

(文乃は少々、頑固なところがある……父親譲りかもしれない)

千秋は思い出し笑いをする。

疲れ果てて帰ってきた文乃を抱き締めると、胸の中でそのままうたた寝したことがあった。可愛くて、愛おしくて、たまらなかった。

(そんな文乃の生き方を尊重したい)

今度は、凛《りん》とした文乃の姿を思い浮かべて、また微笑む。

「従業員は女性も多いので、彼女達が結婚や妊娠をしても働きやすい職場環境にしたいと思っています。そのためにも、自分自身が身をもって体験したいんです」

それで出産まで働きたいというが、だったらなおさら無理をしてはいけないと諭した。妊娠出産は個人差が大きいと言われている。運良く健康な文乃が基準となるのは良くない。

「分かりました。労働基準法に基づいて、産前六週間から産休に入ります」

誠実な文乃は、女将《おかみ》としても経営パートナーとしても信頼できる。

(仕事も大事だが、俺は何より文乃が大事なんだよ)

つまり、愛する人は妻や母親である前に、一人の大切な存在。これからもずっと生き生きと輝いていてほしい。

千秋はいつしか自分の母親の生き方についても、肯定できるようになっていた。

(愛には色んな形があるのかもしれない……ただ、俺が分かっていることは……)

愛は相手の自由を奪うものではない。千秋が思うのは、愛するとは、大事な人の生き方を受容することなのかもしれない、ということだった。

(分かっていても……難しいことだ)

千秋は完璧ではない。文乃に対し、必要以上に心配し、意見することだってある。

仕事を続けるのはいいが、せめて送り迎えはさせてくれと、申し出たのも千秋からだった。

「常務、到着しました」

運転手に「ありがとう」と告げて千秋は車を降りた。

それから、伝統的な数寄屋造《すきやづく》りを眺めて思う。

(美しいな……)

料亭『さくらや』の門をくぐり石畳を行く中で、ふくらみ始めた桜の蕾を見つけた。

（もうすぐ家族が増える……愛する人と俺の子供が産まれる）
千秋は春を待ち遠しく思った。
（会社のためでもなければ、他の誰のためでもない……）
「楽しみだな」
地位も名誉も関係ない、自分と家族のための人生が目の前に広がっている。
それが何よりも価値のあるものだと知っている千秋は、幸せをしみじみと感じていた。

番外編　この度《たび》、二人目を望むことになりまして。

「お義母《かあ》さん、よろしくお願いします」

文乃はそわそわしながら、義母の舞子に頭を下げる。ワンピースやヒールのあるパンプスは、久しぶりすぎて落ち着かない。

（おむつも着替えも足りるはず……他に忘れ物ないかな）

玄関先に置かれたマザーズバッグは、はちきれんばかりに膨らんでいた。たとえ数時間だとしても、一歳三ヶ月の子供を預けるとなると必要なものはかなりある。

「千夏《ちなつ》、ばぁばとお留守番できるな？」

千秋は目尻を下げて、胸に抱いた娘の千夏に頬ずりをした。すると千夏は「やー」と顔を背《そむ》ける。

そして舞子に抱かれようと手を伸ばす。

「パパのほうが寂しいよ」

千秋は離れがたそうに千夏を抱き締めた。

「ほんの数時間じゃない。千夏ちゃん、おいで」

笑いながら、舞子は千夏を抱っこした。文乃はそんな千秋の父親ぶりを微笑ましく思う。

それから、舞子に抱かれた娘の千夏を覗き込んで言った。

「ちーちゃん、行ってくるね。バイバイ」

すると、ふっくらしたかわいい手のひらが揺れる。

「バイバイ、バイバイ」

娘の千夏は、文乃の心配をよそにご機嫌だった。両親から離れ、舞子に抱かれてもぐずることはない。一歳から保育園に通い始めたせいか、人見知りはだいぶん落ち着いていた。

「大丈夫よ。時間は気にせず、のんびり食事を楽しんできてね」

舞子は、孫の千夏を抱いて嬉しそうに微笑む。

「千夏、パパにちゅーは？」

名残惜しいのか、千秋は再び千夏に頬を寄せる。

「やー！」

やはり、取りつくしまもなくそっぽを向かれてしまった。文乃と舞子は苦笑する。

「……何かあったら連絡してくれ」

少しがっかりした様子で、千秋は腕時計を見た。

「文乃、そろそろ行こうか？」

「はい」

文乃は後ろ髪を引かれる思いで、舞子のマンションを出た。

（千夏、お義母《かあ》さんを困らせないといいけど……）

文乃はエレベーターの中で、ぼんやりとそんなことを考える。

「やっと、ゆっくりできそうだな」

言いながら千秋は、文乃の腰に腕を回し引き寄せた。

「パ、パパ……こんなところで」

「今は、パパじゃないよ」

甘い声で千秋が囁いた。父親になっても相変わらずクールでスマートな千秋に、文乃はドキリとしてしまう。見慣れていてもスーツ姿はやはり決まっていてかっこいい。

「……千秋さん、まだ、ダメ」

意識してしまうと、余計に恥ずかしくなった。

「つれなくしないでくれ。もう文乃のことで頭がいっぱいだ」

文乃は、ふふっ、と笑う。

「普段は千夏が一番なのに」

千秋は娘を溺愛しており、毎日のように仕事が終わると一目散に帰ってきて、お風呂から寝かしつけまで一手に引き受ける勢いだった。父親らしい千秋の様子に、いつも文乃の心は温まる。子育ては大変であるが、それ以上の幸せを連れてきた。

（たぶん、私は運がいい）

生活が順調なのは、普通のことではない。今の環境に感謝して、自分のすべきことを一生懸命頑張ろうと文乃は思った。

「もちろん千夏は可愛いが、それとこれとは別だろう？　俺にとって文乃は、誰よりも愛しい妻だ。とにかく、急いで帰ろう」

そう言って、千秋はじっと文乃を見つめた。そこに情欲が秘められているのも知っている。

「は、はい」

千秋の色気を帯びた視線に、文乃も甘い疼《うず》きを覚えてしまった。

（……最近、してなかったから）

これから二人は、夫婦水入らずでレストランへ行き、久しぶりのデートをする――ことになっているが、それは事実ではない。

「すぐにでも、文乃を抱きたい」

あまりにもストレートな台詞に、文乃は顔を赤らめる。

つまり、食事に行くというのは建て前で、これから自宅に戻ってたっぷり愛し合う予定なのだ。

「照れてるのか？　どうして？　二人目がほしいと言い出したのは、文乃だろう？」

「そ、そうですけどっ……！」

「愛してるよ、文乃」

「……わ、私も……愛してます」

恥ずかしくなり、文乃は慌てて俯《うつむ》いた。

（千秋さん、甘やかしすぎ……だけど、本当に……幸せ）

千秋は良き夫で、良き父親だった。

結婚して、出産して、夫婦として一緒にいる時間が増えるのと比例するように、千秋の文乃への愛は深まっていると感じる。そして文乃も、そんな千秋を心から信頼していた。

（だから安心して今は、二人目もほしいと思える）

産後の夫婦生活は復活していたが、これまでは避妊をしていた。子育てをしながら料亭の女将《おかみ》として働く文乃には、二人目を考える余裕がなかったからだ。

しかし、いつの間にか千夏のいる生活にも慣れてしまった。

家事に育児に協力的な千秋のおかげかもしれない。

千夏の保育園の送り迎えはもちろん、掃除や洗濯まで、千秋は自主的にやっていた。

千秋のすすめで、デリバリーや家事代行も積極的に利用している。

働くママの先輩である舞子からの、離乳食も手作りにこだわる必要はないというアドバイスにも、心が軽くなった。

（一人で頑張らなくていい）

そう思えた時、自然と二人目がほしいと思えた。

「レストランに行くふりだけど……今日のワンピース、とても似合ってるよ」

ミモレ丈のシンプルなニットワンピースを眺めて、千秋が優しく微笑む。

モカブラウンの秋カラーやスカート部分のプリーツは、着こなしを上品に見せてくれる。文乃も気に入っていた。

「ありがとうございます。おしゃれするの、久しぶりかも？」

日頃は、動きやすさ重視のパンツスタイルが定番である。

（メイクだっていつも手抜きだし……）

バツが悪そうにする文乃を、千秋はさらに抱き寄せた。

「もちろん、文乃はいつでも素敵だよ」

口説かれているようで、また胸がドキドキする。

（千秋さん……やっぱり甘い……）

自然と顔が綻《ほころ》んだ。

愛に満たされて輝く笑顔は、どんなメイクより文乃を美しく見せた。

§

とはいえ、マンションに戻るやいなや、こんなことになるとは思わない。まだ廊下だというのに、慌ただしくお気に入りのワンピースの裾《すそ》がたくしあげられた。

「ち……千秋、さ……シャワーは？」

文乃は壁に手をついて、後ろを振り返る。

「あとでいいだろ？　時間がもったいない」

「せめて……ベッドで………あ、ん……っ」

千秋は文乃の首筋に顔を埋め、片方の手で胸をまさぐり、もう片方の手で太腿《ふともも》をなで上げた。

「悪いが、止まらない」

「……ん、んっ」

千秋はそう言うと文乃の唇を塞いだ。啄《ついば》むような優しいキスに、文乃は甘く溶かされていく。

やがて千秋の舌が口内に侵入し、ねっとりと舐《な》め回す。

「……っ、ふぅ……ん」

文乃は自然と目を閉じた。次第に荒くなる息遣いに、千秋の情欲を感じる。

(千秋さんの唇……熱い……)

服の上からブラをずらされる。千秋の指先は頂《いただ》きを見つけると強めに摘《つま》んだ。

「……んっ！」

全身に痺《しび》れが走り、たまらず文乃は身を捩《よじ》らせる。それでも千秋は執拗《しつよう》に、指の腹で捏《こ》ね回した。

「気持ちいいのか？　こっちは、どうなってるだろうな」

太腿《ふともも》を撫でていた手のひらが、脚の付け根へするりと滑る。下着の上から秘部を撫でられ、びくんと身体が反応した。

「すごいことになってそうだ」

クロッチをずらすと、千秋の指は秘所を直《じか》に刺激した。

「や、ぁ……っ……」

「やっぱり、もうどろどろだ」

「いじわる……しないで……っ……」

はぁ、と文乃は甘い吐息を漏らす。その様子を見て、千秋は満足そうな笑みを浮かべた。

「可愛いよ、文乃。どんどん溢《あふ》れてくる」

千秋は、たっぷり潤った蜜壺へと指を埋めた。同時に親指で蕾を捏《こ》ねる。

「ひゃ、ぁ……んっ……」

「入れただけで、俺の指に吸い付いてきた。よほど、待ち遠しかったんだな」

「ち、ちが……っ、あ……ぁん……」

指を動かされるたび、文乃は我慢できずに喘いだ。千秋は指の腹で文乃の弱いところを刺激しながら、器用にベルトを外す。

「や……っ……あぁ、だめ……っ……」

「だめ？　俺はもう入りたい。文乃は？」

答えを待たずに、千秋はショーツを剥《は》ぎ取ってしまう。脚の付け根に押し入ってくる塊に、文乃は身構えた。

「……ん、っ」

剥《む》き出しになった昂《たかぶ》りを直接秘部に擦《こす》られ、文乃の身体も熱を帯びていった。背を向けているため見えないが、しっかり硬度を増した雄棒を感じる。

みるみるうちに蜜は滴《したた》り、太腿《ふともも》までぐっしょりと濡れていた。熱塊を擦りつけられるたび、いやらしい音が耳に届き、気持ちが高揚していく。

（もう……我慢できない）

「私も……千秋さんが……ほしい」

寝室のドアを開ければすぐにベッドだというのに、文乃も待ちきれなくなった。廊下には、下着やズボンが脱ぎ捨てられている。

「文乃、愛してるよ」

首の後ろにキスを落とされた。官能的で優しいキスにうっとりする。

「ぁ、ん……」

背後から、先端が蜜口を押し広げながら入ってきた。たっぷりと愛液を溢《あふ》れさせ、文乃は千秋を受け入れる。

（ゾクゾクする）

浅いところで出し入れされると、雁首に擦《こす》られた媚肉が歓喜して収斂《しゅうれん》をはじめた。

「……はっ……文乃の中は最高だ」

千秋は言いながら、さらに、ぐい、と自身を潜り込ませる。

「……ああぁんっ」

ずぶずぶと奥まで貫かれ、思わず文乃は腰を逃がそうとしてしまう。しかし、しっかりと千秋に捕らえられており、どうすることもできない。重量感を増した熱に埋め尽くされ、蜜孔は張り裂《さ》けそうだ。何度も抱かれているというのに、はじめての時のように文乃の身体は震えていた。

「久しぶりだからか、文乃の感じ方もすごいな」

「そ、そんな……はぁ……ん……」

千秋は腰を打ち付け、熱い息を吐いた。

「どんどん……締め付けてくる」

「……だ、だって……気持ち、い、い……あぁ、んっ……」

恥ずかしがる余裕もないほどに、文乃は乱れた。擦れ合う肉とせりあがる快感で、頭の中がいっぱいになる。ますます膣壁は痙攣《けいれん》し、千秋に絡みついた。

(刺激が強すぎて……何も考えられない)

「可愛い、文乃……」

千秋は文乃の首筋に頬ずりしながら、両胸を揉《も》みしだき、腰を大きく動かす。

甘い声で名前を囁かれ、文乃の感度も増していった。

「あぁ……ん、ああっ……ああ、んンっ！」

雄棒は限界まで引き抜かれ、また埋められる。何度も抜き差しされ、その度《たび》に笠はまんべんなく肉壁を引っ掻《か》いていった。ガツ、と勢いよく突かれると、先端が子宮口に当たる。文乃の身体も浮きそうになった。

「ひゃ、あっ……あぁん」

文乃は壁についた手に力を込めた。そうでもしないと、崩れ落ちそうだ。

(クラクラする……でも気持ちいい……)

母親であることも妻であることも忘れ、文乃は行為に没頭する。千秋は文乃の腰を掴み荒々しく突き上げた。

「あぁっ……はぁ、んっ」

「今日の文乃……すごく、いい。興奮してるのか?」

「ち……千秋さん、も、もっと……ぉ……」

(もっと、激しくして)

甘えた声に煽《あお》られたのか、ますます千秋は律動を速めた。敏感になった壁を抉《えぐ》られ、文乃の嬌声は止まらない。

「ん、あっ……ああっ……」

自分の中でさらに漲《みなぎ》っていく千秋を感じながら、文乃は涙を浮かべた。文乃が千秋のことしか考えられないように、千秋も文乃だけを思っていてほしいと願う。

(いっぱい抱いて)

いつまでもこうして揺られていたい。たくさん愛を注いでほしい。

文乃はただ快楽に溺れているだけじゃない。慌ただしい日常に流されて、大事な気持ちを失いたくなかった。何度でも、夫婦の絆を確かめたかった。

(だって、こんなに愛してる)

二人目がほしいのも本当だけど、ただ千秋と抱き合いたかった。

(こんな気持ちになったのも、久しぶり)

育児に疲れ果てた身体は、なかなか千秋を受け入れる余裕がなかった。ベッドに入ると、すぐに深い眠りに落ちてしまう。

（だけど今は、千秋さんを心から求めてる）

千秋が無理強いすることはなかった。いつも辛抱強くその気になるのを待ってくれていた。

「ふぅ……、文乃……好きだ……」

千秋の苦しげな声を耳にして、文乃は切なくなる。

「文乃……愛してる……俺の文乃」

「千秋さん……私だけの、千秋さ……あ、ぁっ」

繋がった部分は泡立ち、蜜口はひくついている。愛しさが溢《あふ》れ、文乃はぎゅうぎゅうと千秋を締め付けた。まるでこのまま離すまいとするかのようだ。

そしてそれに応えるように、千秋は激しく文乃を貫いた。

（私、千秋さんに愛されてる……）

愛を感じるほどに身体は悦《よろこ》び、媚肉は千秋へと纏《まと》わりつく。すると息苦しいほどに、蜜孔の中で雄茎が膨張した。

「……文乃っ！」

千秋は文乃を強く抱き締めると、一段と強く腰を打ち付けた。奥処を突き上げられ、文乃は涙を流す。なおも膣壁は蠕動《ぜんどう》し、千秋を搾り取ろうとした。

「……くっ！」

低い呻《うめ》きとともに、千秋の熱が飛散した。たっぷりと愛を浴びながら、文乃は涙をぽろぽろと零す。愛を注ぎ込まれるたびに、びくびくと膣内は悦《よろこ》び震えた。

（抱かれることが、これほど嬉しいなんて）

千秋の精を受け止め幸せに包まれる。優しく抱き締められ、ますます涙が溢《あふ》れた。肩の上から荒い息遣いが聞こえる。

「ごめん。文乃が可愛すぎて、我慢できなかった」

先に果てたことを詫びるように、千秋が言った。体内ではまだどくどくと熱が脈打っている。それさえも、文乃を感じさせた。

「あ、謝らないで下さい。私も気持ちいいんです」

首を回すと、千秋と目が合った。文乃は柔らかな笑みを浮かべる。

「ふっ……可愛いな……」

「ん、んっ」

千秋は文乃に口付けながら、腰をぐるぐると回した。文乃の中へ、すべてを吐き出そうとするかのようだった。舌を絡められ、再び情欲が煽《あお》られる。

（千秋さん……好き……）

文乃は呼吸を荒らげ唇を合わせた。

「あ、っ……ん」

そこで、ずるり、と雄棒が引き抜かれる。どろっと混ざりあった液が太腿《ふともも》に流れた。文乃が膝を合わせようとすると、肩に千秋が手を置いた。

「こっち、向いて」

身体を回され壁を背にする。とろんとした目で文乃は千秋を見上げた。すぐさま唇が重ねられる。甘い口付けに、さらに欲望が湧き上がる。

舌の表面を舐《な》められ、舌先をちゅうと吸い上げられる。上顎を丁寧に舐《な》め上げられ、背中がゾクリとした。

千秋はキスをしながらシャツを脱ぐ。

「邪魔だな……」

それから文乃のワンピースやブラを剥《は》ぐと、膨らみに唇を這《は》わせた。

「あっ……」

乳輪を口に含まれ、舌で先端を舐《な》められた。そこからびりびりとした刺激が、全身へ広がっていく。きつく吸い上げられ、腰が浮きそうになった。

「っ……あっ……あぁ」

気持ちよくて、甘い声が止まらない。弄《いじ》られているのは胸なのに、再び蜜孔から愛液がだらだらと溢《あふ》れた。すると、唇が膨らみから離れる。まだ続けてほしくて、文乃は千秋を見つめた。

「ゆっくり味わうの、久しぶりだな。長い間、千夏のものだったし」

「しばらくは、千秋さんだけの、ものです」

「俺は、これだけじゃ足りない」

千秋は文乃を壁に押し付け、太腿《ふともも》を持ち上げる。

「きゃ……！」

片足立ちの不安定な状態になり、文乃は慌てて千秋に縋《すが》った。

「文乃の全部を、味わいたい」

「……ああっ」

ぐちゃ、と蜜孔に鈴口を押し込められ、文乃は唖然《あぜん》とする。

(また、するの……?)

そんな驚きも束の間、千秋は腰を打ち付け一気に文乃を貫いた。

「ひゃ、あ……ぁああんっ」

激しく突き上げられ、文乃は背を反らす。

(す、すごい……)

千秋の欲望はすでに硬度を取り戻していた。それどころか、文乃の中でますます猛々しくなり反り返っている。

「や……っ、ま、待って、千秋さん」

「悪いが、休ませてやれそうにない」

いまだ部屋にたどり着くことなく、廊下で裸になって抱き合っている。文乃は再び快楽に支配される前に、どうにかベッドに行きたいと思った。

「お願い、ベッドに……ん、ん」

行為に集中しろとばかりに、唇を塞がれる。そうしておいて、千秋は思うがままに雄棒を抜き差しした。

「はぁ……っ」

なんとか唇から逃れ、息を吐く。

(こんなところで、何度も抱き合うなんて)

頭ではそう思うのに、千秋に埋め尽くされた淫洞は、たっぷりと愛液を溢《あふ》れさせ、悦《よろこ》びながら収縮していた。

「文乃の中、どろどろで気持ちいい……ぴったりと張り付いてくる」

千秋はぐるぐると蜜をかき混ぜるように腰を回した。

下腹部が擦れ合うことで花芽が刺激される。とうとう文乃は思考を放棄した。

「ふぅ、ん……あぁ、ん……」

「ここ、気持ちいいんだろ？」

思いがけず指先で花芯を摘《つま》まれ、びくんと身体が跳ねる。

「はぁんっ！」

ひときわ高い声が上がり、千秋は満足そうに微笑んだ。

(気持ちいい……もっと、触って)

「あぁ、可愛いよ、文乃」

花芽を指で弄《いじ》られ、腰を打ち付けられる。あまりの刺激に、文乃は悶えながら喘いだ。

「あっ、あぁぁんっ、だ、だめぇ……やぁ……あぁっ……！」

(すごい……千秋さん、はげし……)

千秋は額に汗を浮かべ、夢中になって出し入れした。体内でどんどん快楽が大きくなってくる。

「だ、だめなの……もう、だめ……ち、千秋さんっ……！」

せりあがってくる快感から逃れようと、文乃は助けを求めて千秋を呼んだ。しかし、熱に浮かされたように千秋はただ腰を動かす。

雄槍は最奥まで埋められ、引き抜く時には蜜壁を抉《えぐ》った。何も考えられないくらいに、気持ちいい。文乃の中で限界まで膨れ上がった熱は、とうとう弾けてしまう。

「あああぁ——あぁ、あんっ……！」

ついにやってきた絶頂に、文乃は全身を震わせた。蜜洞は、うねりながら千秋を締め付けている。絶え間ない悦《よろこ》びに、気が遠くなりそうだった。

「わ、私……もう……」

（立っていられない……）

脚がガクガクしてふらつく文乃をしっかりと千秋が支える。

「分かった。続きはベッドだ」

「……えっ？」

（まだ続きが……？）

文乃は呆然としながら考える。

お尻をぐっと持ち上げられ、繋がったままで文乃の身体が浮いた。

「ひゃぁ、ん！」

ずぶ、と陽根が奥まで突き刺さり思わず叫ぶ。達したばかりで敏感になっている蜜壁は、びくびくと痙攣《けいれん》した。

「千秋さん……！」

「このまま、ベッドまで運ぶよ」

千秋はにやりとして、文乃を貫いた状態で抱きかかえ寝室へ向かった。

「やっ……あっ……だめっ……ああ、ん」

(千秋さんの……いじわる……！)

運ばれる間、何度も雄棒に突き上げられ、文乃は喘ぎ続けるしかなかった。

壁のブラケットライトがぼんやりと寝室を照らしている。窓の外には夜の帳《とばり》が下りていた。

「千秋さんが淹《い》れてくれるコーヒーが好き」

ベッドの上でだらりと身体を横たえたまま、文乃はつぶやいた。

「コーヒー？」

「はい」

何度も達した身体は気怠《けだる》く、しばらく起き上がれそうにない。

それに、寝そべった状態で千秋に抱かれているのは心地よい。

「コーヒーも美味しいし、コーヒーを淹《い》れる千秋さんを眺めるのも好き」

ミルで丁寧に豆を挽《ひ》き、ハンドドリップでコーヒーを淹《い》れる。それは千秋の朝のルーティーン。

文乃にとって、千秋の淹《い》れたコーヒーは格別だった。慌ただしい朝にもたらされる、ほっと一息つける時間だ。コーヒーを飲む間、千秋は千夏をあやしてくれる。どんなに娘が大泣きしようともかまわない。

——ゆっくりコーヒー飲んで。

千秋はそう言って笑ってくれた。

「千秋さんのコーヒーのおかげで、頑張れるのかな、私」

千秋の胸の中で文乃はそっと微笑んだ。触れ合う素肌はまだ熱っぽく、互いをたっぷりと求めあったあとなのだと思い知る。

（千秋さん、すごかった……）

何度達しても終わらず、体内に繰り返し精を吐き出された。

休む間もなく何時間も、行為に没頭していたのだ。疲れ切っているのも仕方ない。

文乃はぼんやりと千秋の温もりを感じていた。

「コーヒーなんて、いくらでも淹《い》れてやるよ。むしろ……」

顎《あご》を掴まれ、上を向かされる。千秋は食い入るように文乃を見つめていた。

「仕事、大変じゃないか？　無理しなくていいから」

「……え？　あ、はい。大丈夫です」

「何かあったらすぐに言うように。心配でたまらない」

文乃の唇に親指を這《は》わせながら千秋は言った。

「心配……？」

「酔った客に手を出されないか、心配だよ」

過去に料亭の客からセクハラを受けそうになり、千秋に助けてもらったことがある。その事件をきっかけに恋に落ちたことを思い出し、文乃は小さく笑う。

（千秋さんと結婚できて良かった……）

当時は何も知らずに結婚したものの、とっくに恋ははじまっていたのである。

（政略結婚だったから……）

あっという間のこれまでを振り返り、文乃は感慨深くなった。

互いの気持ちを理解するまですれ違ってしまったこと。千秋を愛しすぎて、独占欲や嫉妬に心を乱してしまったこと。不安を打ち消すように丁寧に愛され……、やがて待望の我が子を授かったこと。どれも、忘れられない。

文乃は端整な夫の顔に見惚れながら、色んな思いを巡らせた。

（千秋さんとの結婚は、私にとって、人生最高の出来事だ）

はじめての出産を終えたあと、人目も気にせず千秋は文乃を抱き締めた。

——文乃、頑張ったな。ありがとう。

嬉しくて涙が溢《あふ》れてしまった。

——二人のことは俺が一生守るから。

千秋は約束通り、文乃と千夏を大事にしてくれる。

生まれたばかりの千夏を恐る恐る抱いて、優しく微笑む千秋の姿が文乃の心にいつもあった。

(千秋さんと出会えて良かった)

幸せで胸がいっぱいになり、また涙が浮かんでしまった。

「どうした?」

「あ、ええと、ちゃんと対策してますから。心配しないで下さい」

文乃は慌てて料亭の話に戻す。

トラブル回避のため、夜の営業は女性従業員だけで接客はしない。また、素行の悪い客に対しても厳しく対処している。オーナーである千秋に心配をかけたくはなかった。

「男の板前から言い寄られてないか?」

眉根を寄せる千秋に、文乃は苦笑する。

「ありません。だって私はもう、子持ちの人妻ですよ?」

夫にヤキモチを焼かれ、くすぐったいような気持ちになった。子供がいようと人妻であろうと、女性であることには変わりない。しかし、もう新しい恋はしない。

(私は一生、千秋さんにだけ、恋をしていたいから)

他の誰かに心も身体も許しはしないと文乃は思った。

「関係ないさ。文乃は綺麗で色っぽいからな」

「そんな風に思うのは、千秋さんだけです」

甘やかし上手な千秋に、文乃はさらに気恥ずかしくなる。

「分かってないな。結婚して、子供を産んで、君はますます色気を増している」

「……嘘、でしょ？」

（千秋さん、冗談がすぎる……！）

しかし、熱の籠もった視線に文乃は息を呑む。どうやら、からかっているわけではなさそうだ。千秋にはよほど文乃が魅力的に映っているようだった。

「本当だよ」

「……んっ」

唇に触れていた千秋の指が、口の中に挿し込まれた。

「あ、ひぁ……」

驚いていると、舌でする時と同じように粘膜を撫でられる。それが心地よくて、文乃も舌を絡めていった。千秋の指を舐《な》めながら、おかしな気分になっていく。

「いつのまに、上手になった？」

千秋はどうやら、文乃の舌使いを言っているようだ。

「ら、らって……」

（だって、千秋さんが教えてくれたから）

千秋のキスに応えるうちに覚えたのだ、と文乃は反論したかった。

毎日のように、千夏の目を盗み、いや、見られていても、

「愛しているよ」

そう言って、千秋は文乃に口付ける。

それも、軽いものばかりではない。当たり前のように舌を絡ませ、口内を掻《か》き混ぜる。

キスをはじめると、千秋はすぐに火が付いてしまう。文乃の胸をまさぐり、挙げ句の果てには脚の付け根にも触れてくる。リビングでそんなことをされては、ベビーベッドの千夏が気になる文乃は集中できない。

「文乃、綺麗だ」

しかし、甘く囁かれキスを繰り返すうちに、文乃も夢中になってしまうのだ。千夏が泣き出して我に返ることもしばしば。もちろん、最後まではなかなかできなかった。

「すごく、色っぽい表情だ」

千秋の指が口蓋を優しく撫でる。すっかり、キスをしているような気持ちになっていた。

じくじくと疼《うず》く下腹部に文乃は戸惑う。千秋の丁寧な愛撫は、文乃をその気にさせるのが得意だ。

(いっぱいしたのに……)

「誘われてるみたいだ」

「あ……っ……」

千秋は口から指を抜くと、割れ目に自身を擦り付けてきた。いつの間にか、しっかりと硬度を増している。ぬるりとした感触に文乃は身悶《みもだ》えした。

「ほら、もう、したくなった」

(私も……したい……)

ついさっきさんざん抱き合ったというのに、少しも欲望はおさまらなかった。

触れ合う部分が熱を持ち、どんどん気分が盛り上がってくる。早く挿《い》れてほしくて、文乃はねだるように千秋を見た。

溢《あふ》れた蜜は千秋を濡らしている。すでに準備は整っていた。

そこで、スマホのタイマーが鳴る。

「迎えの時間か……！」

大きなため息をついて、千秋は文乃の胸に顔を埋めた。

「また、今度ゆっくり、ね？」

文乃は千秋の髪を撫でながら、子供をあやすように言う。

「そうだな。毎週、千夏を預けることにしよう」

千秋にしては珍しい意見に、文乃は驚く。

「母さんも喜ぶだろうし……俺も文乃をもっと抱きたいからな」

そう言うと、千秋は文乃に覆いかぶさった。

「やっぱり、あと一回だけ」

「えっ……あ、ああっ！」

結局、約束の時間が過ぎても抱き合ってしまうのだった。

§

シャワーを浴び着替えを済ませた千秋は、すっきりした表情だった。

「これも持っていってやるかな」

のんびりと、ラックから布絵本を取り出す。

「絵本もおもちゃも、いっぱいありますから」

文乃はシャツの襟元を整えながら、千秋を振り返った。迎えの時間はとっくに過ぎている。千夏の面倒を見ている舞子だって、かなり疲れているはずだ。絵本やおもちゃで、千夏のご機嫌を取っている場合ではない。

(それに、もう寝ているかもしれない)

むしろ眠っていてほしかった。眠れずにぐずって、舞子を困らせていないかと文乃は心配になる。とにかくすぐに連れて帰らなければ、と文乃は焦っていた。

「おやつは?」

「もう夜ですよ?」

さすがに呆れてしまい、文乃は軽く千秋を睨む。

「慌てなくても、大丈夫だよ」

千秋はそう言うと、後ろから文乃を抱き締めた。

「ち、千秋さん？」

「まだ二人きりでいたいなぁと思ってね」

「ふぁ……っ」

耳たぶを甘噛みされ、つい、文乃は目を閉じる。

「文乃はじゅうぶん頑張ってる。子育ても仕事も、そして家のことも。だから、俺と二人の時くらい、もっとだらしなくていいんだよ」

「………はい」

時間に追われる毎日の中で、千秋に抱かれる時はすべて忘れていた。

いつも頭の片隅で気がかりな、流しに溜まった食器や、取り込んだまま放置された洗濯物のことはもちろん、千夏や舞子のことさえ考えなかった。

(夢中になりすぎたかな……)

文乃は少しだけ後ろめたくなる。

「抱かれる時くらい、何も考えなくていい。文乃は俺の愛だけ感じていればいいんだ」

「……んっ」

余計な憂いを消し去るように、唇が塞がれる。

(千秋さんの愛だけを……)

千秋の自信に溢《あふ》れた言葉は、いつも文乃を安心させてくれた。優しい千秋のキスを受けていると、悩みも消える。

（千秋さんが片付けてくれたんだ）

いつの間にか整っていた部屋に、文乃の心はほんわかした。いつもさりげなく、心地よさを与えてくれるのが千秋だ。

（ローストビーフもサーモンのカルパッチョも美味しかった）

千秋の料理担当日は、いつも豪華メニューだ。文乃が「美味しい」と褒めるとますますはりきって、千秋は腕によりをかけてくれる。

文乃の結婚生活は、どんな時も愛に溢《あふ》れていた。

（幸せで胸がいっぱい……）

唇を啄《ついば》まれ、心地よくなっていく。ふいに、閉じた瞳から涙が溢《あふ》れた。

「文乃、愛してるよ。君が笑顔でいてくれるのが、俺にとって何よりの幸せだ」

千秋の親指が涙を拭《ぬぐ》う。

「千秋さんとずっと一緒にいられることが、私の幸せです」

「ずっと一緒だ。永遠に離さないよ」

文乃は千秋の腕に手を添え、深い愛を感じながら笑顔になった。


マンションの玄関ホールには、千夏の泣き声が響いている。しかし、千夏を抱く舞子は余裕だ。

「ママの顔を見たら恋しくなったのね。さっきまではご機嫌だったのよ」

「ご迷惑おかけしました。千夏、よしよし」

文乃が抱くと、千夏はぴたりと泣き止んだ。

「ママー」

千夏は文乃の胸に顔を埋め、うとうとする。

（やっぱり眠たかったんだね）

文乃は千夏の背中をさすりながら身体を揺らした。

「母さん、ありがとう。御礼はまた今度ゆっくり」

千秋がマザーズバッグを肩に掛けた。これで帰り支度は万全だ。

「楽しみにしているわ……って、あなた達、食事のあと、わざわざ着替えてきたの？」

シャツにジーンズというカジュアルな服装の文乃を見て、舞子は不思議そうな表情をした。文乃と千秋は顔を見合わせ戸惑う。

（ワンピース……汗ばんだから……）

「あ……あのっ……」

言い訳は咄嗟《とっさ》には浮かばない。

舞子は何かを悟ったようで、

「パパとママ、仲良しだね」

と、眠たそうにしている千夏に小声で言った。

「これからも、いつでも千夏は預かるから言ってね」

舞子が意味ありげに笑い、文乃と千秋はそっと頬を染める。

（お義母《かあ》さんは、何もかもお見通しだ）

それから季節が一巡りした頃、千夏には弟ができた。

自宅のリビングは以前より散らかって、千秋のネクタイが時々歪んでいても――愛が溢《あふ》れる結婚生活の中で、幸せいっぱいの文乃の笑顔はさらに輝きを増すのだった。

訳あって仕事を辞め、充電中の純奈《じゅんな》。独身で彼氏もいないけど、そもそも恋愛に興味なし。別にこのまま一人でも……と思っていた矢先、偶然何度も顔を合わせていたエリート外交官・貴嶺《たかね》と、なぜか結婚前提でお付き合いをすることに！　ハグもキスもその先も、知らないことだらけで戸惑う純奈を貴嶺は優しく包み込み、身も心も愛される幸せを教えてくれて――

B6判　定価：本体640円+税　ISBN 978-4-434-27987-4

恋愛小説「エタニティブックス」の人気作を漫画化!

Eternity COMICS
エタニティコミックス

高貴な彼の卑猥な溺愛

完璧御曹司の結婚命令

漫画：Carawey　原作：栢野すばる

B6判　定価：本体640円＋税
ISBN 978-4-434-27986-7

鬼上司と結婚前提の同居生活…!?

旦那様、その『溺愛』は契約内ですか?

漫画：玄野さわ　原作：桔梗楓

B6判　定価：本体640円＋税
ISBN 978-4-434-27988-1

この作品に対する皆様のご意見・ご感想をお待ちしております。
おハガキ・お手紙は以下の宛先にお送りください。

【宛先】
〒150-6008 東京都渋谷区恵比寿 4-20-3 恵比寿ｶﾞｰﾃﾞﾝﾌﾟﾚｲｽﾀﾜｰ 8F
(株) アルファポリス　書籍感想係

メールフォームでのご意見・ご感想は右のＱＲコードから、
あるいは以下のワードで検索をかけてください。

アルファポリス　書籍の感想　検索

ご感想はこちらから

本書は、「アルファポリス」(https://www.alphapolis.co.jp/) に掲載されていたものを、
改稿、加筆のうえ、書籍化したものです。

この度《たび》、政略結婚《せいりゃくけっこん》することになりまして。

深月香（みづきかおり）

2020年 11月 25日初版発行

編集－本丸菜々・塙綾子
編集長－太田鉄平
発行者－梶本雄介
発行所－株式会社アルファポリス
〒150-6008 東京都渋谷区恵比寿4-20-3 恵比寿ｶﾞｰﾃﾞﾝﾌﾟﾚｲｽﾀﾜｰ8F
TEL 03-6277-1601（営業） 03-6277-1602（編集）
URL https://www.alphapolis.co.jp/
発売元－株式会社星雲社（共同出版社・流通責任出版社）
〒112-0005 東京都文京区水道1-3-30
TEL 03-3868-3275
装丁イラスト－甲斐千鶴
装丁デザイン－ansyyqdesign
印刷－株式会社 暁印刷

価格はカバーに表示されてあります。
落丁乱丁の場合はアルファポリスまでご連絡ください。
送料は小社負担でお取り替えします。

ISBN978-4-434-28120-4 C0093